新潮文庫

ヴァチカン図書館の裏蔵書

篠原美季著

新潮社版

10785

Vatican Hidden Bibliotheca

Character

玄須 聖人（くろす せいと）

27歳。大学の博士課程にあり、現在はローマ大学に留学中。日本人の父と、イタリア人ハーフの母との間に生まれ、薄茶色の髪に琥珀色の瞳をもつ。素直で清明な性格。大叔父はヴァチカンの枢機卿を務めるが、本人は宗教を持たない。実は信心深く、「神」の存在を信じている。

斉木真一（さいき しんいち）

30歳。大手新聞社国際部の欧州特派員。日本で聖人の中高時代の先輩。聖人の留学にあたっては、何かと面倒をみている。

マリク・フェデリオ神父

30歳。信望篤い若き神父。教皇の顧問団の一人。金髪碧眼、ダビデ像に似ている。理系出身。

ジョバンニ・デ・バレリ枢機卿

聖人の大叔父。教皇庁内務長官。教皇庁科学アカデミーの顧問。

ティサノルダ司教

ヴァチカン図書館古書・書籍部長。

ラーメ教授

ローマ大学教授。西洋宗教史、特に16世紀の異端信仰と東洋宣教が専門。企画展の資料集めを、聖人に依頼する。

フィリップ・パンジャマン

脳生理学の第一人者。睡眠と夢の研究に携わる。夢を解明するプロジェクトの中心的人物。

ヴァチカン図書館の裏蔵書

Vatican Hidden Bibliotheca

Vatican Hidden Bibliotheca

序章

Vatican Hidden Bibliotheca

「まさか、そんな《モン・デュー》――」

デスクの上に並べられたパソコンの一画面に見入っていた白衣姿の男性が、マウスをクリックする手を止めて驚きの声をあげた。

「こんなことが、本当にあり得るのか――？」

男の背後の窓からは、ヨーロッパらしい街並みと広い空が見えている。ただ、残念ながら、今日は朝からどんよりとした曇り空で、今にも雨が降りだしそうだ。

フランス屈指の研究機関である某国立研究施設の一室。

「ユニット981」、通称「レーブ・プロジェクト」と呼ばれる研究チームのディレクターを務める著名な脳生理学者フィリップ・パンジャマンは、自分の得た実験結果が信じられず、疑惑の目で画面に映し出される映像を見つめる。

そんな上司の様子に気づいた研究アソシエイトの一人が、タブレット型のパソコンを操作しながら「パンジャマン教授？」と心配そうに声をかけた。

「どうかなさいましたか？」

「――いや」

画面に見入ったまま、パンジャマンがうわずった声で答える。

「どうもこうも、君……」

だが、それ以上言葉は続かず、止まっていた手を動かし、さらに微細に画面をチェックする。

その唇から洩《も》れるのは、感嘆の言葉ばかりだ。

「……いやはや、なんというか、……これはまた、背景といい、人間といい、まるで同じ映画でも見ているみたいじゃないか」

その間、手持ち無沙汰《ぶさた》に立ち尽くしていた研究アソシエイトに対し、教授がややあって「モアソン君」と声をかける。

「悪いが、被験者『145』と『314』に連絡を取ってくれないか」

「被験者に……ですか？」

半信半疑で訊《き》き返した相手を見ることもせず、パンジャマンは「ああ《ウイ》」と頷《うなず》く。

「そうだ。被験者たちに、いますぐに会いたいと連絡を」

「……はあ」

まだ若いアソシエイトは、不可解そうな表情をしながらもタブレット型のパソコンを手でスライドさせる。

『145』と『314』なら、オーストリアとドイツか。ああ、あった。これだ。グラーツ在住のリッテンバルトと、もう一人がケルン在住のアーレンドルフ……」

口中でブツブツ言いながら、アソシエイトはデスクのほうに戻って行った。

それを見送ったパンジャマン教授が、パソコン上の画面に目を戻しながら「もしかしたら」と推測する。

「これだけじゃないかもしれないな。残りのデータの解析を至急やらないと」

瞳《ひとみ》を輝かせながらマウスをクリックした彼は、興奮を抑えきれない声音で「──まったく」とつぶやく。

「こんなことがあり得るなんて──。これが本当なら、すごいことだぞ」

第一章　ダビデ、降臨

Vatican Hidden Bibliotheca

1

オーストリア、グラーツ。

廃工場のような殺伐とした空間に、苦しそうな声が響く。

「……僕は、知らない。本当に知らないんだ。……だから、お願いだ。助けてくれ。許して」

血だらけの青年が発した絶え絶えの懇願は、残念ながら、目の前の男にはまったく響かないようだった。

冷酷な瞳《ひとみ》。

侮蔑《ぶべつ》を宿した唇。

男にとって、そこにいる瀕死《ひんし》の青年は、もはや人間ですらないらしい。

忌《い》むべき存在。

虐《しいた》げられて然《しか》るべき憎しみの対象だ。

男が言う。

「嘘《うそ》を言ったところで、私にはわかっているぞ、君とこの男は、たしかに同じ場所にいたはずだ。同じ場所にいて、同じものを見て、同じものを呪《のろ》ったのだろう」

手にした写真を振りながら言われたことに対し、責められているほうが、必死になって言い返す。

「呪ってなんかいない。それに、本当にそんな奴《やつ》は知らないんだ。見たこともない。頼むから、信じてくれ」

「本当に？」

訊《き》き返した男が、意地の悪い声で付け足した。

「夢の中でも？」

「夢？」

その言葉に何か思い当たる節があったらしく、責められている青年が驚愕《きょうがく》の表情を浮かべて叫ぶ。

「まさか、あんた、『レーブ・プロジェクト』の人間か？　そうなのか？　でも、そうだとして、なんだってこんなことをするんだ。僕は協力するって言ったのに――」

だが、青年の言葉など耳に入っていないかのように、男はかたわらのテーブルの上に並んだ器具類の中からペンチのようなものを取り上げると、世にもおぞましい言葉を放った。

「異端の徒よ。そのように偽りしか言えないのなら、そんな舌は無用だ」

椅子《いす》に縛りつけられている青年は、腫《は》れあがった目を見開いて震え戦《おのの》いた。

「――嫌だ！　頼む！　止《や》めてくれ！　頼む！　嫌だ、嫌だ！」

見ただけで恐怖心を抱かせる器具を手に近づいてくる男を遠ざけようと、動けない身体《からだ》を必死で動かし、青年は椅子をガタガタさせながら泣き叫んだ。

「助けてくれ！　いやだ！　ひい、ひい、ひい」

ついには、言葉にならない文句が彼の口を突いて出る。

だが、そんな瀬戸際《せとぎわ》の抵抗すら愚かだと言わんばかりの目で眺めやった男が、青年の前に立ち、顎《あご》をつかんで口を開かせた。

「…………！　…………！　…………!!」

無理矢理口を開かされたため、舌が飛び出て、言葉が言葉にならない。だが、止めてくれと必死で訴えているのは、誰の目にも明らかだ。

そんな青年を冷淡に見おろし、男は、手にしたペンチで無雑作に突き出た舌をつかんだ。

次の瞬間。

鉄筋コンクリートの無機質な空間に、野獣のような唸《うな》り声が木霊《こだま》する。

血だらけになったペンチをテーブルの上に投げ出した男が、「最後に」と言う。

「もう一度訊くが、お前たちの首領の名は？」

だが、椅子の上で虚脱している青年は、ぼたぼたと口から流れ落ちる血を気にする余裕もなく、ただ首を横に振って知らないという意思表示をした。

彼は、本当に何も知らない。

つまらなそうに肩をすくめた男は、天井からさがるロープの先端を持って力一杯引いた。そのロープは、天井に取り付けられた滑車を経由して、後ろ手に縛られた青年の手首に繋《つな》がっているため、ロープが引かれるたび、カラカラと滑車がまわり、青年の身体が次第に宙に浮いて行く。

そうして、ある程度まで引き上げたところでロープの先端を固定すると、今度は、コンクリートの上に枯れ枝と枯草を積み上げ、宙吊《ちゅうづ》りにされたまま苦痛のうめき声をあげる青年を無表情に見上げた。

「私にはわかっていたよ。いつか、お前たちが私の前に現れ、私の母にしたように、私のことも呪い殺そうとするだろう、とね。だから、その前に私がお前たちを見つけ出してやった。——どうだ、悪を為《な》す者よ。お前たちがどれほど旗をかかげようと、ウイキヨウを振り回そうと、私を倒すことは出来ない」

しゃべりながらマッチをすり、男がそれをポイッと枯草の上に放り投げる。火はまたたく間に燃えあがり、青年の身体を足元から焦《こ》がしていく。

「…………！　…………！　…………！」

じわじわと炙《あぶ》られる苦痛に、宙吊り状態の青年が身をよじる。

だが、今では叫ぶことすら封じられている彼は、ただ、焼けただれるに任せて最期《さいご》を迎えるしかなかった。

それは、どれほどの苦しみであっただろう。

まさに、地獄の責め苦である。

やがて、一人の人間を炙り殺した焚火《たきび》は、コンクリートの上で徐々に火勢を弱め、床に焦げ目を残して消え去った。

その間、なんの表情も浮かべずに人が焼け焦げるのを眺めていた男は、絶命した青年の足元に、ポケットから取り出した小さな旗のようなものを立てると、灰色の瞳に不気味な達成感を浮かべてつぶやいた。

「これで、悪の芽を一つつぶせた。これは、天命だ。神が、私をお選びになったのだ。悪を為す者に、それ相応の死をもたらすために――」

それからゆっくり踵《きびす》を返し、その場を立ち去る。

あとには、見るも無残に焼け焦げた死体がブラブラと揺れ、その足元には、四体の不気味な悪魔が描かれた赤い旗が翻《ひるがえ》っていた。

2

朝霧の中に、うっすらとサン・ピエトロ大聖堂の円蓋《ドーム》が見え隠れしている。

どこからか響いてくる鐘の音。

まだ明けやらぬ城壁内には、時おり、キイキイと金具のきしむ音が響き、自転車に乗った老神父や修道女たちが浮かびあがっては消えていく。

世界唯一《ゆいいつ》の宗教国家であるヴァチカンの朝は、早い。

カトリック教会の総本山であるヴァチカン市国には、現在、市国の運営を担《にな》う行政組織と、「聖座」あるいは「聖庁」などと呼びならわされる教会運営を担う組織が存在し、前者は教皇に指名された平信徒に、後者は教皇を筆頭とする数名の枢機卿《すうききょう》によって舵取《かじと》りされ、双方合わせ三千人以上の人間が勤務していた。

その殆《ほとん》どはヴァチカン市国外に住んでいて、現在のところ、市民として認められているのは、およそ八百人。

たいていは古くて狭いアパートメントなどをあてがわれるが、これが枢機卿ともなれば、庁舎や図書館の最上階など、歴史的価値の高い建造物の一部を住居にすることができる。

そんな地上の栄誉を与えられた一人に、ジョバンニ・デ・バレリ枢機卿がいた。

サン・ピエトロ大聖堂の裏手にあるアルキプテレ宮殿内のアパートメントで給仕されたカプチーノを飲みながら、バレリ枢機卿は、朝っぱらからわんさと寄せられてくるメールに次々目を通していく。

染《し》み一つない真っ白いテーブルクロスが朝日にまぶしく、その上に飾られた草花の色が鮮烈なまでに際立つ。

と――。

メールを読んでいたバレリ枢機卿の表情が、ふっと変わった。

「魔女狩り……？」

つぶやいたバレリ枢機卿は、不快なものでも目にしたかのように眉《まゆ》をひそめ、メールの内容を熟読する。

それは、グラーツの教区司祭からの報告で、地元で、魔女狩りを彷彿《ほうふつ》とさせるような殺人事件が起きたというものだった。

各国の教会に神父を送り込んでいるヴァチカン聖庁の情報網は、一国の情報機関などはるかに及ばないほど正確で迅速だ。おかげで、このように、当面は国際問題になどどなりそうにない他国の地域的な事件のことだって、すぐに耳に届いた。

メールを読み終わった枢機卿が、今度はなんとも好戦的に口元を歪《ゆが》める。それは、慈愛に満ちた聖職者というよりは、貪欲《どんよく》な捕食者に近い笑みである。

「——どうやら、古《いにしえ》の魔術師が蘇《よみがえ》って来たらしい」

そう続けた彼の銀色がかった髪を、窓から吹き込んだ風が撫《な》でて過ぎた。

3

ハッと目を覚ました玄須《くろす》聖人《せいと》は、ベッドの上で息を止めたまま、じっと天井を見つめる。

自分が、今、どこにいるのか。

正確に把握するまでに、少々時間がかかる。

珍しいことではないし、まして記憶が消えていくような深刻な病を患《わずら》っているわけでもない。単に寝惚《ねぼ》けているだけなのだが、度合いがふつうの人より少々激しい。見ていた夢があまりに生々しく、感覚が置いてきぼりにされるせいだ。

まさに、荘子の「胡蝶《こちょう》」の世界と言えよう。

目覚めた瞬間、己が蝶になった夢を見たのか、蝶が人間の夢を見ているのかわからなくなる——という、あれだ。

だが、もし、今が夢で、見ていた夢が現実なら？

「……大変だ。旗を立て直さないと」

寝転がったまま呟《つぶや》いたところで、ここが、現在自分の帰るべき部屋であることを確信する。

同時に、止めていた息を吐き出し、聖人は身体から力を抜いた。とたん、現実世界が身近に押し迫ってくる。

白い壁。

数種類の色に塗り分けられたポップな家具。

さらに視線を動かすと、朝日の差す出窓に、花の咲いた植木鉢がきれいに並べられている。

全体的にアーティスティックに整い過ぎていて、とてもではないが、二十代の青年が住む部屋には見えないが、間違いなく、ここが現在聖人の暮らす部屋である。

大学の博士課程にある彼は、ローマ大学に留学中だ。

日本で生まれて日本で育った聖人であるが、母親がイタリア人の血が入ったハーフであり、その影響が子どもである彼の髪と瞳の色に現われている。

生まれながらに薄茶色の髪と琥珀色《こはくいろ》に輝く瞳を持つせいで、新しい環境に置かれるたびに外国人と間違われ、英語が堪能《たんのう》だと決めつけられた。おかげで、なかば強迫観念で英語の勉強に力を入れた結果、こうして語学に堪能になれたのだから、人生は、何が幸いするかわからない。今では、母国語の日本語に加え、英語とイタリア語が話せるトリプルリンガーだ。

そして、留学中の彼の住まいが、このやけにスタイリッシュで高級感のある部屋であるわけだが、もちろん、自力で借りているわけではない。ボルゲーゼ公園近くの一等地に独立した寝室のある部屋を借りようなどと思ったら、おそらくとんでもない賃料が必要だ。

では、なぜ、一介の大学院生に過ぎない聖人が、こんな優雅な部屋で寝起きをしているのかといえば、ここは、イタリア人である聖人の祖父の知人である女性アーティストが暮らす邸宅の一部屋で、近辺の賃貸相場から考えれば、破格の値段で間借りさせてもらっていることになる。

未亡人であるアンナ・ジェネローゾは、去年まで、この白亜の邸宅で娘と二人暮らしをしていたのだが、その娘が独立して家を出たのをきっかけに、余っている部屋を賃貸に出すことにしたらしい。

だが、いざ面接をしてみると、なかなか気に入る相手が見つからず、いっそ、そのまま部屋を空けて置こうかと考えていたところに、知人から、日本人の孫がローマ大学に留学するという話が舞い込み、とんとん拍子に事が運んだ。

礼儀正しく、二十代の若者にしては清潔で少々頼りなげな聖人のことを、アンナはとても気に入ったようである。――いや、むしろ、気に入り過ぎて、当初は互いの生活に不干渉でいる約束であったが、放っておくと飢え死にでもしかねないと心配になったのか、今では何くれとなく面倒をみてくれる。

勝手のわからない聖人にとっても、アンナの気遣いはとてもありがたく、二人の同居生活は、いまのところ良好だ。

「おはようございます、アンナ」

この朝も、慌《あわ》ただしく食堂に入って来た聖人を、縁なし眼鏡をかけたアンナが温かく迎える。「シニョーラ・ジェネローゾ」という堅い呼び名は、とうの昔に却下され、今ではふつうに名前で呼び合うようになっていた。

もうすぐ還暦を迎えるというアンナだが、見た目は若々しく、黒いタイトなパンツに白いシャツと身幅のたっぷりある灰色のショールをかけた姿が、落ち着いていながらファッショナブルだ。

「おはよう、セイト。ちょうど、朝食の準備ができたところよ。いつも通り、カプチーノでいいわね？」

「はい」

美術館と見紛《みまが》うくらいアート作品に溢《あふ》れた食堂で、洒落《しゃれ》たヴェネチアンガラスの器に盛られたサラダやヨーグルトに手をつけながら、聖人が訊く。

「それはそうと、アンナ、ここからだと、ヴァチカンまでどれくらいかかりますか？」

「バスを使うなら、そうねえ……」

考えた末、おおよその時間を答えてくれたアンナが、「そういえば」とカプチーノのカップを差し出しながら言う。

「今日からヴァチカンでラーメ教授のお手伝いをするのだったわね」

「はい」

復活祭《イースター》の休み明け。

聖人は、普段通っているローマ大学ではなくヴァチカンに呼び出され、教授のお供をすることになっている。

あっさりうなずいた聖人をなんとも言えない表情で眺めやり、生粋のローマっ子である未亡人が「……まったく、もう」とどこか呆《あき》れた口調で言った。

「それが、どれほどラッキーなことか、貴方《あなた》はあまりわかっていないようね。ヴァチカンの秘密記録保管所なんて、よほど名の通った研究者でないと入れないところよ」

暗に「代われるものなら、私が代わりたい」と言われたような気がした聖人が、「そうみたいですね」とのんき気に返す。

もちろん、聖人だって、ヴァチカンの秘密記録保管所がどんな場所であるかくらいはよくわかっているが、別に聖人に対して許可がおりたわけではなく、単にラーメ教授の研究者としての価値が認められただけのことで、聖人はただの荷物持ちに過ぎない。そう言う意味では、ほとんど観光気分でいるといえよう。

思うに、ヴァチカン側は、彼の存在すら認識していないのではないか。

だが、自分もカプチーノのカップを両手で持ったアンナが、「もっとも、貴方の場合」と、聖人の考えとは違う見解を示した。

「生まれが生まれだから、あちらも許可せざるを得なかったのでしょうけど。――それを幸運なこととして、存分に楽しみなさい」

「――ああ、はい。そうですね」

苦笑しつつ、聖人は心してうなずく。

生まれが生まれ――。

聖人の母親の実家はローマでも指折りの名家の一つで、祖父は、現在、イタリアの駐米大使を務めている。

さらに、祖父の数いる兄妹の一人は、枢機卿という身分にあった。

枢機卿といえば、もちろん、世界中におよそ十二億人いると言われるローマ・カトリック教会の頂点を固める人たちで、一般人がそうそうお目にかかれるものではない。

そんな人間が大叔父であるというのは、国民の大半がカトリック教徒であるイタリアではすごいことなのだろうが、聖人自身はといえば、まだ大叔父が一介の司祭だった頃に——いや、もしかしたら、途中からは司教か大司教くらいにはなっていたのかもしれないが——、親族の集まりで会うことがあったくらいで、正直、お酒を飲むと陽気になる神父さんというイメージしかない。

ただ、実際、今は多忙を極めるらしく、留学してからまだ一度も会っていないので、きっと、昔とは違い、本当においそれと話しかけることなどできない雲上人になってしまったのだろう。

ヴァチカンにいる間に会えるかどうか定かではないが、アンナが言うように、今回の件に大叔父が関わっているのであれば、日本からはるばるやって来た親族のことをすっかり忘れているわけではないのだろう。

「ああ、それから、セイト」

イタリア製の茶色い革鞄《かわかばん》を肩にかけて家を出ようとした聖人に向かい、テーブルの上を片付けながらアンナが言った。

「お節介は承知の上で一つ忠告しておくと、ヴァチカンで、聖職者相手に宗教の話をするのだけは絶対に止めておきなさい。貴方に悪気はなくても、相手を侮辱するような発言に通じる可能性は大いにあるのだから。——いい？　彼らは、貴方と違って信仰に生きる人たちで、そこに疑いを差し挟むということは、他でもない『神』を貶《おとし》めるに等しい行為なのだということを心に止めておいて」

「――わかりました」

アンナの家を出た彼は、近くにあるバス停からバスに乗り込む。

いつもは自転車通学だが、今日は、現地の状況がわからないのでバスで行くことにした。終点のリソルジメントは、サン・ピエトロ広場から北に少し上がったところにある広場で、各方面からヴァチカンにやってくる多くのバスの終着点になっている。

春先のウキウキするような陽気が、聖人の心をくすぐる。

(なにか、良いことがあるような――)

だが、そう思った瞬間、今朝方見た夢のことを思い出し、考えを改めた。

(逆か。――今日は、きっと厄日になる)

そんな彼の予想を裏付けるように、近くで救急車のサイレンが鳴り響く。

事故か。

急病か。

どうやら、事故のほうであったらしく、次第に道が渋滞し始めた。

それでなくても、ローマ市内の交通事情は劣悪で、駐車禁止の道に縦列駐車をするくらいは序の口で、ひどい時には、二重駐車で道がほぼ塞《ふさ》がれてしまうこともあるくらいだ。

聖人の上に、暗雲が垂れ込める。

この調子だと、約束の時間に間に合うかどうか。

不安そうに乗客の頭越しに道の先を見つめた聖人は、念の為《ため》、待ち合わせの相手であるラーメ教授の携帯電話にメールを送ることにする。

バスが渋滞に巻き込まれたので遅れるかもしれない、と——。

だが、それに対する返信はなく、結局、聖人が五分遅れで辿《たど》り着いた待ち合わせ場所に、目指す人物の姿はなかった。

4

(……どうしよう)

聖人は、待ち合わせ場所に指定された聖アンナ門の前で、途方にくれていた。

(ここで、間違っていないよな)

以前もらったメールを確認してみるが、場所と時間は合っている。

それなのに、すでに待ち合わせの時間から三十分以上が経《た》った今も、ラーメ教授は一向に現われず、メールへの返信もない。もちろん、教授も同じ交通渋滞に巻き込まれている可能性はあるが、それならば、連絡の一つくらい寄こすだろう。

待ちきれずに先に行った場合も、然《しか》り。

とにかく、何の連絡もないというのが、ふつうではない。

聖人は、門のところに立っている黄色と紺の派手な制服を着たスイス衛兵の姿にちらちらと視線をやりながらあれこれ考えていた。

（しょうがない。とりあえず、一度帰るか……？）

ラーメ教授が、このあとヴァチカン関係者の誰と待ち合わせをしていたかも分からないため、他になにもしようがない。門番に立つスイス衛兵の視線からして、そろそろ聖人が不審者扱いされるのは間違いなく、仕方なしに方向を転じて帰ろうとした時だ。

「セイト・クロスさん《シニョール・サンタ・クロース》ですか？」

横合いから声をかけられ、反射的に「はい」と返事をしながら振り返った聖人は、そこで驚きに目を見開いた。

目の前に、ダビデがいたからだ。

当然、そのへんにいる「ダビデさん」ではない。美術の教科書などで誰もが一度は見たことのあるミケランジェロのダビデ像だ。孤高の意志を秘めたどこか愁《うれ》いのある様子も、まさに写真で見るダビデ像そのもの。

もちろん、公衆の面前であれば裸体ではなかったし、人間なのだから、肌もなにも大理石でできてはいない。

むしろ血色のよい健康そうな顔。

髪は、太陽の光を集めたような薄い金色で、極上の宝石を思わせるターコイズブルーの瞳を持っている。

が、それでもやっぱりダビデ像だ。

血の通うダビデは、黒い神父服に身を包んでいて、高い位置から見下ろしてくる態度に尊大さと謙虚さがバランスよく共存していた。つまるところ、まさに神の寵児《ちょうじ》であるダビデが、神の僕《しもべ》である神父の姿を取って聖人の前に現われた。

振り返ったあと、うんでもすんでもない聖人を見おろし、神父のダビデが言った。

「本当に、サンタ・クロースなんですか？」

「――あ、いえ」

聖人が、ようやく答える。

「サンタ・クロースではなく、聖人《セイト》・玄須《クロス》です」

言い直したが、おそらく外国人には、「セイト・クロス」も「サンタ・クロース」も同じに聞こえてしまうのだろう。

「セイト」は英語で「聖者」を意味する「セイント」と発音されやすく、「セイト・クロス」という音感は、万国共通で愛されるキャラクターを彷彿とさせるのだ。

もちろん、イタリア語で、クリスマスにプレゼントを配ってくれる気前のいいおじいさんは、「バッボ・ナターレ」と表現されるが、ハリウッド映画などを通じ、アメリカでの「サンタ・クロース」の呼び名が世界中に浸透しているため、この間違いは、海外で自己紹介する際の「あるある」なエピソードとなっていた。

目の前のダビデにしても、違いがわからなかったらしく、軽く眉をひそめて首をかしげたので、聖人は、もう一度ゆっくりと名前を言った。

「セ、イ、ト　ク、ロ、ス――です」

「セ、イ、ト、ク、ロ、ス」

ようやく納得したらしい相手が、それでも異なものを見るような目で聖人を上から下まで眺めおろしてから、挨拶《あいさつ》した。

「失敬。私の名は、マリク・フェデリオ。教皇庁文化財部門の渉外担当です」

「あ、初めまして」

挨拶は返したものの訳が分からずにいる聖人に、マリクが「どうぞこちらへ」と言って、先に立って歩き出した。

慌てて後ろをついて行きながら、聖人が訊く。

「――あの、僕、ラーメ教授とここで待ち合わせをしていたんですけど」

「ええ、聞いています。――というより、前もって伺っておいて良かったですよ。そうでなければ、貴方は、今日、完全に無駄足を踏むことになっていたでしょうから」

「無駄足？」

繰り返した聖人が、ちょこちょこと早足でついて行きながら、一番知りたかったことを訊く。ただ、背が高い分、足も長いマリクの歩幅に合わせながらイタリア語で話すのは、なかなか難儀なことであった。

「えっと、そもそも、ラーメ教授は？」

「彼は……」

スイス衛兵の前を通り、聖アンナ門からヴァチカン市国の立ち入り禁止区域内に足を踏み入れた聖人は、その感動も味わわないうちに、驚愕の事実を知らされる。

「ここに来る途中で事故に遭われたらしく、病院に運ばれたそうです。先ほど事務局のほうに連絡があって、私たちも驚いています」

「事故⁉」

叫んだ聖人が、とっさにマリクの肘《ひじ》をつかんで訊き返す。

「それで、教授は大丈夫なんですか？」

「命に別状はないそうですが、当分は、病院にいる必要があるみたいですね」

「――よかった」

師事している教授の無事を知り、まずは胸を撫で下ろした聖人を、マリクが若干表情を和らげて見おろした。

「たしかに、不幸中の幸いでした」

「あ、でも、それなら、僕は――」

ラーメ教授がいないのであれば、彼がヴァチカンにいる意味はない。

緩やかな坂道を城壁のほうに向かって歩いていた聖人は、そのことに思い至って、足を止める。

「行く必要がないのでは？」

だが、ことは聖人が思っているほど単純ではないようで、聖人に合わせて一度足を止めたマリクが、「それについては」と顎で歩くようにうながしながら続ける。

「今、各部署の人間が集まって協議中なので、ひとまず、私と一緒に来てください」

「――協議中？」

聖人が、不安そうにつぶやく。

いったい、何を協議するというのか。

正直、彼は、書類のコピーや整理など単純作業の手伝いをするつもりで、ここにやってきた。当然、難解なラテン語で綴《つづ》られた文書類を識別するなど、今の彼の読解力では不可能である。

言い方を変えると、教授抜きの彼は、ここではただの「役立たず」だ。

できれば、今すぐ回れ右をして帰りたかったが、そういうわけにもいかず、ドキドキしながらマリクのあとをついていく。

城壁のアーチをくぐり、現在はおもに駐車場として使われている「ベルヴェデーレの中庭」を突っ切って連れて行かれたのは、名高きヴァチカン教皇庁図書館の一部である「シクストゥス五世の間」であった。

天井と壁を覆《おお》う美しいフレスコ画。

奥行七十メートル、幅十五メートルの広い部屋には、整然と展示物が並んでいる。

その一角に、今、数人の関係者らしき人たちが集まり、真剣な面持ちでなにかを話し合っていたが、マリクが聖人を伴って現れると、みなピタリと口を閉ざしてこちらを見た。

「クロス氏《シニョール・クロス》をお連れしました」

マリクの報告を受け、一番手前にいた女性が言う。

「あら、貴方が噂《うわさ》の『サンタさん』？」

純真そうな笑顔を持つ五十代くらいの女性だ。

あとで聞いた自己紹介によれば、名前をルチア・グラチエといい、ヴァチカン教皇庁図書館の企画展示室長だった。

「あ、いや、えっと」

それまでマリクと難なく話していたイタリア語なのに、緊張のため、聖人はドギマギしてとっさに答えられない。

すると、彼のイタリア語の能力を低く見積もったらしい四角い厳《いか》めしい顔つきをした神父服《スータン》姿の男が、「やっぱり」と首を横に振って主張した。神父服の縁とボタンの色が赤紫なので、司祭よりは上の位階のはずである。

「私は反対だね。こんなどこの馬の骨ともわからない素人《しろうと》学生を、一人で秘密記録保管所に入れるなんて――」

彼はティサノルダ司教といい、ヴァチカン教皇庁図書館の古書・書籍部長をしていることが、あとで聞いた紹介で明らかとなる。保守的な彼は、外来種である聖人が神聖な領域を侵すことに、断固として反対の立場を取っているようだ。

構図としては、なんとしても準備を進めたい企画サイドVS権威を守りたい管理者サイドの火花を散らす戦いといったところか。

「そうは言っても」

企画展示室長のルチアが、早口で反論する。

「私たちには、とにかく時間がないんです。もちろん、司教がおっしゃりたいことはわかりますが、実際のところ、彼は素人学生ではなく博士課程にある研究生だし、私が以前ラーメ教授から伺った話では、古い日本語で書かれているはずの書簡の捜索は、もっぱらこの青年にお願いするつもりでいらっしゃったとかって――」

(――え?)

辛うじて聞き取った聖人が、そんなはずはないと慌てる前で、ルチアが「それに」と続ける。

「どこの馬の骨かは、よくわかっているじゃありませんか。なんといっても、彼の身元保証人は、他でもない『パパビレ』ですよ」

「パパビレ」というのは、「次期教皇」を意味し、ヴァチカンにおいては「枢機卿」を指す言葉だ。

聖人が内心で「やっぱり」と思う。

(大叔父さんが……)

「悪いが、内務長官に、図書館や記録保管所のことに口を出す権利はない」

ティサノルダ司教が、気分を害したように主張する。それは、かなり辛辣《しんらつ》な口調であり、日頃、彼があまり聖人の大叔父に対し良い感情を持っていないことの表れのように思えた。

「とにかく、研究者でもないそのへんの若造に秘密記録保管所を使わせるなど、もってのほかだ。だいたい、そんなことをしてなんになる?」

「あら、何もしないで指をくわえているのに比べたら、ほんのちょっとでも成果を期待できるでしょう。――ねえ？」

ルチアが、いきなり聖人に向かって訊いたので、聖人はびっくりして「え？」とイタリア語で訊き返した。

「僕が、なんですか？」

その間の抜けた返答に対し、ルチアが失望したような表情になり、逆にティサノルダ司教は、「ほらみたことか」と言いたげに鼻をフンと鳴らした。

ちなみに聖人が師事しているラーメ教授というのは、西洋宗教史――特に十六世紀の異端信仰と東洋宣教を専門とする著名な学者で、現在、日本の文部科学省とイタリア文化庁が共同で進めている国交史をテーマとした展示会において、重要な役割を担っている。

そもそも、この展示展の企画自体、ラーメ教授が東洋宣教における古い資料の存在をほのめかす研究成果を発表したことにあった。

彼は、一年前、ヴェネチアの公文書館で、十六世紀後半に日本からローマに渡った使節団、いわゆる「天正遺欧少年使節団」がヴェネチアに立ち寄った際、当時のローマ教皇宛《あ》てに手紙を送った可能性を示唆《しさ》する記述を発見するに至った。そして、調査を進めた結果、その書簡が、ヴァチカンの秘密記録保管所のまだ分類されていない棚に眠っていると確信したのだ。

日本におけるキリスト教の歴史を知る資料としては、「マレガ・コレクション」という二十世紀初頭に日本で司牧したマレガ神父がヴァチカンに送った古文書類が有名であるが、ここで、もし新たな書簡が見つかれば、また一歩、歴史に光を当てる大発見となることは間違いない。

そこで、その幻の書簡を捜すため、助手を一人伴って秘密記録保管所に入る許可がおりていたというのが、ここまでのおおかたの経緯であった。

ただ、数いる学生の中から、なぜ、聖人が助手に選ばれたのか。その理由は、当の教授がいない今、定かではない。

考え得る理由の一つとして、先ほどルチアが言った通り、ラテン語とイタリア語と日本語、しかも古い字体の日本語がある程度判読できるというのがあるが、ヴァチカン側の審査がすんなり通ったのは、当然、枢機卿である大叔父が身元保証人となったからだろう。

聖人のせいで白々とした空気が流れる中、形勢不利とみたルチアが、マリクの隣で黙って成り行きを見ていた小柄な神父に対し、「それなら、アルゴーニ神父にお訊きしますわ」と話を振った。

「秘密記録保管所の管理を任されている身として、貴方は、どう思われますか？　率直なご意見をお聞かせください」

名指しされた小柄な神父が、学究肌らしいもの静かな態度で、「そうですねえ」と口を開いた。新たにスポットを浴びた神父は、対立するルチアとティサノルダ司教の、どちらにも与《くみ》する気はないらしい。

「私には、その青年になにができて、なにができないかはわからないし、正直、どうするべきだと明確な意見を述べるだけの情報はありませんが、ただ、一つだけたしかなのは——」

そこで一度言葉を切り、アルゴーニ神父は重々しく続けた。

「助手であろうが、なんであろうが、彼には、秘密記録保管所に入って資料を閲覧してもよいという、聖下による正式な認可が下りていると言うことです」

たいして大きい声であったわけではないが、それは、壮麗な「シクストゥス五世の間」に、復活の日を知らせる喇叭《らっぱ》のごとく響きわたった。つまり、彼が従うのは、ルチアでもなければ、ティサノルダ司教でもない、教皇聖下その人だということだ。

ただ、結果として、軍配はルチアに有利なものであったため、彼女が、力を得たように声をはずませた。

「そうよ。誰がなんと言おうと、『サンタさん』には、すでに秘密記録保管所で資料を閲覧する資格があるのよ」

それに対し、慌てた様子でティサノルダ司教が「いやいや」と言い返した。

「認可が下りた時とは事情が違っているわけだし、もう一度、現状を聖下に説明した上で、再度判断してもらう必要が――」

と、その時。

その場にもう一人、新たな人物がやって来て、彼らに声をかけた。

「やあ。諸君」

現われたのは、枢機卿を示す緋色《ひいろ》の縁取りとボタンのある神父服を身にまとった威厳のある男であった。言い換えると、この場にいる全員にとって格上で、膠着《こうちゃく》状態にある現状にけりをつけられる人物が登場したことになる。

振り返ったルチアとティサノルダ司教が、同時に相手の名前を呼ぶ。

「ピアッツォーニ枢機卿」

ピアッツォーニ枢機卿は、胸の前で両手を組んだ姿勢で厳かに一同を見まわし、言った。

「ラーメ教授のことは聞きました。――それで、状況がどうなっているかと思って様子を見に来たのですが」

そこで、ルチアが、かいつまんでここまでの流れを話す。

それに対し、「なるほど」と頷《うなず》いたピアッツォーニ枢機卿が告げる。

「それならば、ヴァチカン教皇庁図書館の長として意見を言わせてもらうと、作業が遅れるのは、やはりまずいでしょう。もし、この青年が目当ての書簡を捜せる可能性があるのなら、無駄に時間を費やすこともない、彼に捜してもらえばいいことです」

「いや、しかし――」

反論しかけたティサノルダ司教を指先一つで押し留め、ピアッツォーニ枢機卿は続ける。

「もちろん、ティサノルダ司教の言い分も理解できます。私だって、いくら内務長官の身内だからといって、会って間もないこの青年のことを全面的に信用しているわけではありません。むしろ、どれくらいの能力の持ち主であるか、数日間様子を見て判断する必要があるでしょう。結果次第では、展示会の計画そのものを練り直す必要も出てきますから。――そこで、フェデリオ神父」

ふいに呼ばれ、それまで傍観者の体でいたマリクが、「はい？」と若干面倒くさそうに寄りかかっていた書棚から背中を離した。

「なんでしょう、猊下《げいか》」

顔を向けたマリクに対し、ピアッツォーニ枢機卿が楽しそうに言う。

「君、今、ヒマでしたね？」

「いいえ」

「そう。――ま、ヒマでなくても構いませんから、君が監視役として彼の捜し物に付き合ってあげれば、問題はあっという間に解決です」

「——は？」

マリクが、孤高の意志を秘めた愁いのある顔で真っ直《す》ぐに相手を見つめ、少々不遜《ふそん》ともみえる態度で言い返す。

「無理を言わないでください、猊下。申し上げたように、私も忙しい身ですので」

「でも、君、この件の渉外担当として、ある程度時間を空けているはずですよね？」

「たしかにそうですが、それは、あくまでもラーメ教授との打ち合わせなどの時間であって、付きっきりで作業を見守るのとは違います」

まっとうな主張だ。

だが、それでも、やっぱり相手が枢機卿であることを考えると、いささか傲岸《ごうがん》な態度といえよう。教皇の勅令ほどではないにせよ、一介の神父にとって、枢機卿のくだす命令は絶対で、逆らうなどとんでもないはずだ。

だが、さして気分を害した様子もなく、ピアッツォーニ枢機卿が小さく肩をすくめた。

「そんなの、君が時間をやりくりして、まとまった時間を作り出せばいいだけのことでしょう。——幸い、勉学に励む身であるこの青年ならば、忙しい君に合わせていくらでも時間の融通が利《き》くはずです。君に急な用事ができた時は、こちらで待機していてもらえるよう、彼には期間限定で図書館の入館証を出しておきますから」

「――ですが」

話が具体的に決まっていくことに若干焦《あせ》りを覚えたらしいマリクが、チラッと聖人を見おろして言った。

「いくら仕事をしていない身だからといって、博士課程にある研究生として、彼にも大学でやることが山ほどあるでしょうし、あまり無理をさせても」

「問題ありませんよ」

当の聖人を置き去りにして、ピアッツォーニ枢機卿が断言した。

「ここでの作業なんて、長くても一カ月くらいのものです。その間、研究テーマを決めてレポートを書いてもらい、それを提出することで大学のほうは補えるように裏で手をまわしておきます。――ローマ大学の学長とは、古い付き合いなので」

なにごとも、横のつながりが大事ということか。

社交は、こういう時にこそ、最大限に力を発揮する。それは、神に仕える聖職者といえども、同じであるらしい。

「――しかし」

さらに反論しようとしたが、その材料がなくなったらしいマリクが、聖人に向かって尋ねた。

「だいたい、君は、それでいいんですか？」

だが、残念ながら、聖人は、早口のイタリア語でポンポンと進んでいく会話を聞き取るのが面倒くさくなっていて、途中からほとんど聞き流していた。ただマリクが「大学でやることが山ほどある」とかなんとか、そんなことを言っていたのだけは聞いていたので、それに同意する形で適当に答えた。

「ええ、まあ、そうですね。僕もその方がいいと思います」

ピアッツォーニ枢機卿が若干苦笑いを浮かべつつ「ほら」と言い、マリクがターコイズブルーの瞳《ひとみ》を見開いて、聖人の正気を疑うように見つめた。

それで、聖人は、自分が返事の仕方を間違えたのだと悟ったが、あとのまつりだ。

結局、教皇庁図書館の館長であるピアッツォーニ枢機卿の提案通りにことは運び、この瞬間から、聖人は、会って間もないダビデ像に似た厳格な神父と、えんえんあてどない書簡捜しに埋没する日々を送ることとなった。

5

ヴァチカンに存在する教皇庁図書館と秘密記録保管所は、似て非なるものだ。

前者は、十五世紀、当時のローマ教皇ニコラウス五世により創設され、その後、幾多の略奪を経験しながらも確実に蔵書を増やし、歴史的資料を保有する世界有数の図書館へと発展した。

当初千五百点ほどで始まったコレクションも、現在では百十万点を超えるまでに膨れあがり、その中には印刷本はもとより、揺籃期本《インキュナブラ》や写本、手書き原稿など貴重な文献も数多く含まれる。

それらを閲覧するには、書類を提出し、審査に通った上で交付される入館証《パス》が必要だが、近年行われた大改築後は、図書館内のコンピューターで簡単に入館手続きができたり、閲覧室にパソコンを持ち込み、図書館内のネットワーク上にある高画質でデジタル化された写本を見ることができたりと、利便性は日々向上している。

日本との関係でいえば、某大手情報通信会社との共同事業として、ヴァチカンが所有する八万点にもおよぶ写本のデジタル化があげられ、すでに全体の十パーセントほどが完了している。ただ、今後事業を続けていく上での資金確保が問題となっていて、課題は山積みであるといえよう。

それに対し、陰謀論者などが好んで怪しげな話をでっちあげたがるヴァチカンの秘密記録保管所というのは、名前の通り、ヴァチカンに関するあらゆる記録が保管されている場所である。

十七世紀初頭に教皇パウルス五世が、散逸していた教皇関係の書簡を集めて基礎を作り、その後、教皇ウルバヌス八世の手で、図書館の一部であった秘密記録保管文庫を分離独立させたのが、始まりだ。

以来、世界中から送られてくる教皇宛ての書簡を初め、各種裁判記録や陳情書、嘆願書、ほかにも、ヴァチカンに関するあらゆる文書が集められ、一部は整理分類されないまま、広い地下書庫の棚に収められている。

ちなみに名称の頭に「秘密」とつくがために人々の好奇心をいたずらに刺激しがちであるが、これは、中世以来、王侯貴族が私的に保有する図書室に対しその名を冠した名残に過ぎず、たしかに、「開かれたヴァチカン」を目指す以前は秘密主義を貫いていたとはいえ、現在は多くの文書が公開されている。

ただし、資料閲覧の資格を得るのは審査の厳しい図書館のさらに上をいき、学生や研究生では、まずもって無理だ。かなり名の通った学者や研究者に対してのみ、しかも閲覧の正当性が認められた場合に限って許可される。

それを思うと、今回、聖人がこの領域に立ち入ることになったのは、かなり異例のことと言えた。

秘密記録保管所の管理人であるアルゴーニ神父に先導された聖人とマリクは、入り口で手続きを取り、ついに禁断の園に足を踏み入れる。

古い図書にありがちな黴臭《かびくさ》さと独特の静けさが、カーブする階段をあがる彼らを包み込む。

（……へえ）

昼日中であるにもかかわらず、人けが無く静まり返っている建物内を進みながら、聖人は心の中でつぶやいた。

（なんか、思っていたよりふつう？）

「禁断の園」とか、「立ち入り禁止区域」など、いかにもなにかありそうに書かれがちな秘密記録保管所であるが、作りは、いわゆるヨーロッパ各地で見られる図書館とさして変わらない。

西洋の図書館は、王侯貴族が私的に設《しつら》えたものが基盤となっていることが多いせいか、日本のように、ほとんどが公共施設として作られるがために質素を極める図書館と違って、実に趣深い内装になっている。

木製の調度類には精緻《せいち》な彫刻が施され、収蔵されている本も革装丁のものや、中には宝石をあしらった美術品のような本があるなど、蔵書自体にも価値のあるものが多いのが特徴だ。

廊下を抜けて連れて行かれた閲覧室も、窓から柔らかな光の入る広い室内に古びて味わい深い木製の机が並び、壁に沿って書架が設えられた、実にオーソドックスな装《よそお》いであった。

閲覧者はそこに座り、記録保管所側の担当者が、こちらの希望した書簡なりファイルなりを運んできてくれるのをひたすら待つ仕組みだ。

収蔵品の中には、マルティン・ルターの破門を宣言した大勅書やミケランジェロやエラスムスなど、歴史上有名な人物の署名が入った書簡など、好事家《こうずか》が知れば涎《よだれ》を垂らして欲しがりそうな価値の高いものも多くある。

だが、膨大な収蔵物の大部分は、歴史的資料としては貴重であっても、所詮《しょせん》は名もなき書簡の数々で、それらは、今回の企画展のように、どこかの研究者によって価値を見《み》出《いだ》されるまでは、人知れずひっそりと眠っている運命にあった。

しばらくして、二人をその場に残して姿を消していたアルゴーニ神父が、書簡の詰め込まれた段ボールを台車に載せて運んでくる。

それを、二人が座っている閲覧机の前に置くと、厳かに告げた。

「フェデリオ神父は、ここでの作法を心得ていると思いますが、くれぐれも扱い方を間違えないようお願いします。たかが紙っぺらではありますが、されど紙っぺらなのですから。一枚一枚が、歴史そのものであることをお忘れなきように」

マリクが、神妙にうなずく。

それを真似《まね》して、聖人も慌ててうなずいた。

アルゴーニ神父が立ち去ったところで、聖人が箱の中を覗《のぞ》いて言う。

「……すごい量ですね」

「そうですか？　――でも、言っておきますが、箱は、これだけではないはずです」

「そうなんですか？」

絶望的な声をあげた聖人から段ボールに視線を移し、マリクが教える。

「ラーメ教授によれば、目当ての書簡は、十六世紀から十七世紀のヴェネチア関連資料の中にあるのではないかということでした。ただ、それだけおおざっぱだと、検分しなければいけない資料は、途方もない数にのぼります。――もちろん、ラーメ教授ご自身は、もう少し具体的に見当をつけていらっしゃったのでしょうが、残念ながら、現在は面会謝絶ということですから」

『……マジか』

つい日本語で嘆いてしまった聖人が、「それで」とかたわらの神父を振り仰ぐ。

「僕は、なにから手をつけたらいいんでしょう？」

「さあ」

聖人の期待も空《むな》しく、あっさり突き放したマリクが、両手を広げて続ける。

「私はあくまでも監視役であって、歴史の専門家ではありませんので」

「つまり？」

恐る恐る確認すると、今度はもっとわかりやすい答えが返った。

「貴方一人でどうにかしろという意味です」

「――僕一人で？」

「そう」

「この量を？」

「そうです」

どうやら。手伝う気は毛頭ないらしい。たぶん、聖人のせいで厄介事に巻き込まれたと考え、怒っているのだろう。

実際、そうなので、聖人は肩を落とした。

やはり、夢で見た通り、今日は厄日であったようだ。

大量の紙類の中からたった一枚の書簡を見つけ出すなんて、砂漠で特定の砂粒を見つけろと言われたようなものである。

（せめて、「針《はり》」にしてくれ――）

紙の山を前にして、聖人は完全に方向性を見失っている。譬《たと》えて言うなら、大海に小舟でコンパスも海図も持たずに放りだされたようなものである。

そんな聖人の様子を見おろし、マリクが文句有り気に言った。

「そんな顔をされても、悪いのは君自身なのですから、仕方ないでしょう。できないならできないとはっきり断ればいいものを、優柔不断な返答をするからこういう結果になるんです」

「それは、早口の会話がよく聞き取れなくて」

「それならそれで、返事をする前に、訊《き》き返せばよかったでしょう。——それに、そもそもここに来る以前の問題として、ラーメ教授から仕事の内容を聞かされていなかったのですか？」

「そうですね。詳しいことは、今日聞けると思ってましたから」

とたん、マリクが彫刻のような顔をしかめ、ターコイズブルーの瞳で疑わしげに聖人を見つめた。あたりはとても静かであったが、他に人がいないのをいいことに、二人は小声で話し続けた。

マリクが言う。

「内容もわからないうちから、よく仕事を引き受ける気になるものですね。もっと警戒しないと、トランクに詰めた死体でも運ぶ羽目になったら、どうするんです？」

「——死体？」

なぜ、そんな譬えが出るのか不思議であったが、聖人は肩をすくめて応じる。

「それは、運べと言われたら運びますよ。僕だって運びたくはないですけど、誰かがやらなければならないなら、やるしかないわけで」

当然、聖人は正規の仕事を想定して答えたのだが、そういうつもりで言っていないマリクが、驚いて言い返す。

「まさか、君は、虫も殺さないような顔をして、教授に頼まれたら、犯罪にも手を貸すつもりなんですか？」

「――犯罪？」

びっくりして、まさにハトが豆鉄砲を食らったような顔をした聖人が、「え、なんの話ですか？」と訊き返した。

「だって、今、君、死体遺棄に協力するって――」

「いや、誰も、死体遺棄の話なんてしていませんよね？」

言ってから、小声で『死体遺棄ってなんだよ』とまたもや日本語で呟《つぶや》く。

平和な日本で育った聖人にとっては、死体の運搬だって、葬儀場や霊安室などにつきものの、れっきとした仕事の一つに過ぎない。だが、一歩海外に出れば、犯罪は常に生活と隣り合わせで、一般人も警戒が必要なのである。

ようやく、そのあたりの感覚の違いを自覚したらしいマリクが、「なるほど」と深く納得した。

「日本が平和というのは、本当のことのようですね」

それに対し、聖人が対抗心を燃やして応じる。

「それを言ったら、イタリアは、そんなに怖いところなんですか？」

「そうですね。たしかに、死体遺棄は大げさかもしれませんが、少なくとも私なら、なにをするか分らないまま、誰かのあとをついて行ったりはしませんよ。君も、気づいたら薬物パーティーでハイになっていた──なんてことにならないよう、十分気を付けてください」

「──薬物パーティー、ね」

それも、聖人には無縁の話に思えたが、少なくとも死体遺棄よりは現実味のある危険であった。

「わかりました」

聖人が素直にうなずいたところで、マリクが「それはそうと」と言う。

「君、いつになったら、手を動かすつもりですか？」

そこで、再び目の前の現実と向き合った聖人が、ダメもとでもう一度尋ねた。

「本当に手伝ってはくれないんですか？」

「ええ。もとより、私は理系ですから」

それが手伝わない理由になるのかどうかはわからない言い分であったが、意外だった聖人が、鼻梁《びりょう》の高い横顔を見つめて問いかける。

「理系？」

「そうですよ」

「科学を勉強したということですか？」

「そうですけど、それがなにか？」

不審げに見おろしてきたマリクに、聖人が、深く考えずに質問する。

「あ、いや、よくわからないんですけど、理系の人の考え方と信仰生活って、対極にある気がするんです。相容《あいい》れないというか……」

考えながら、聖人は続ける。

「そのあたり、矛盾を――」

だが、話しているうちに、それまで穏やかだったターコイズブルーの瞳が氷のように冷たい光を帯び始めたことに気づき、口をつぐんで続きの言葉を飲み込んだ。

同時に、今朝、出がけに家主のアンナが授けてくれた助言を思い出す。

彼らは、貴方と違って信仰に生きる人たちで、そこに疑いを差し挟むということは、他でもない「神」を貶めるに等しい行為なのだということを心に止めておいて――。

（そうだった。ここで、この手の話はタブー……）

思い至った聖人は、すぐさま発言を撤回する。

「すみません。なんでもありません。ごめんなさい、忘れてください」

すると、今度は軽く首を後ろに引いてもの珍しげな表情になったマリクが、「まあ、たしかに」と告げた。

「ここでの発言には注意が必要です。でも、君に悪気が無いのはわかりましたから、ご要望通り、今の発言は聞かなかったことにしましょう。——ただ、親切心で一つ訂正しておくと、信仰と科学が両立しないと考えること自体、すでに過去の遺物となっていますよ。科学分野の研究に勤《いそ》しむ神父や信徒は大勢いますし、教皇の諮問《しもん》機関の一つである教皇庁科学アカデミーは、国際的に高い評価を受けていて、カトリック教会の科学への探求心をうながす役目を負っているくらいですから」

「そうか。言われてみれば、そうですね」

納得した聖人が、自分の愚かさを恥じていると、マリクが「せっかくなので、私も」と尋ねた。

「このタイミングで、少々プライベートなことを訊いてしまってもいいですか？」

「なんでしょう？」

「もちろん、答えたくなければ答えなくていいんですけど、君は、どうして洗礼を受けていないんですか？」

尋ねたあとで、「なんといっても」と受けていて然《しか》るべき理由を付け足した。

「君は、ヴァチカン教皇庁の内務長官の親族ですよね。当然、先祖代々カトリック教徒で、それはこの先も変わらないはずです」

聖人が、ちょっと首をかしげて考える。

「そうなんですけど、簡単に言うと、生まれたのが日本だから、ですかね」

「というと？」

「たいていの日本人は、僕と同じで無宗教ですから」

「なるほど」

だが、ことは、そう簡単ではなかったはずだ。

親が特定の宗教を信仰していると、たいていの場合、その子ども同じ宗教の信者になるはずだ。ローマ・カトリックは幼児洗礼を認めているので、生まれてすぐ、まだ自我のないうちにキリスト教徒になるのが常である。

マリクが、眉《まゆ》をひそめて問う。

「だけど、それなら、ご両親はさぞかしご苦労なさったでしょう」

「そうみたいですね」

認めた聖人が、実家の複雑な事情を打ち明ける。

「実は、父方の実家が江戸時代から続く酒造家で、作ったお酒を神社に奉納している関係から、地元ではかなり有力な氏子で、結婚の時は、それぞれの親族を交えて、信仰する宗教について相当揉《も》めたと聞いています。――ただ、そんな風に自分たちが苦労したので、生まれてくる子どもには、せっかく日本を基盤にするのだし、信仰に対する選択肢を与えようと思ったみたいなんです」

なんといっても、日本では、無宗教であることで不都合が生じることは一切ない。

それに比べ、国民の大半がキリスト教徒の国に来ると、やはり、自分がキリスト教徒ではないことで、少々肩身の狭い思いをすることがあった。例をあげると、大家のアンナにしても、面接で唯一《ゆいいつ》気になったのは、聖人がキリスト教徒でないことだったようである。

それを思うと、文字通り「神の国」であるヴァチカンでは、この先、聖人がキリスト教徒でないことがかなり問題になってくる可能性は大いにあった。あの厳格そうなティサノルダ司教が、あれほどまでに断固として聖人の特別扱いに反対したのも、そのあたりに原因があるのだろう。

マリクが、「それなら」と尋ねる。

「根本的な問題として、君は神を信じていないのですか?」

「え?」

驚いた聖人が、即答する。

「まさか。信じていますよ」

「無宗教なのに神を信じている?」

そこに大いなる矛盾を覚えるらしいマリクに向かい、ようやく最初のファイルに手をかけた聖人が、「むしろ」と応じる。

「どの神様も、平等に信じています」

「平等に？」

「はい。逆説的に聞こえるかもしれませんが、宗教に頓着《とんじゃく》しない日本では、ほとんどの人が無宗教でありながら、けっこう信心深いんですよ」

それは、言い方を変えれば、「節操がない」ということにもなりかねない。

なにせ、極端な例をあげれば、生まれた時は「お宮参り」と称して神社に、結婚式の時は、その華やかさから「キリスト教式」に、そして、死ぬ時は成仏《じょうぶつ》を目指してお寺に世話になるというケースもあるからだ。

そして、そのことになんら違和感を覚えず、どの神も平等に畏《おそ》れ敬う。

「なんというか、日本が平和な所以《ゆえん》ですかねえ」

特に主張するわけでもなく、感想のようにつぶやいた聖人の横顔を、マリクがなんともやるせなさそうな表情で見ていた。

6

ドイツ、ケルン。

（肉の焦《こ》げたような臭《にお》いがしている）

犯罪現場に立った刑事は思うが、あたりに火の手はあがっておらず、ただ、何かを燃やした跡がコンクリートの床の上に黒々と残っているだけなので、臭いがしたように思えたのは、事件の凄惨《せいさん》さが彼の記憶に鮮明に刻み込まれてしまったせいであって、現実には臭いなどもうしていないのだろう。

（この調子だと、当分、どこにいても焦げ臭さがついてまわるかもしれない）

煤《すす》けた床を見おろして、刑事は憂鬱《ゆううつ》そうに溜息《ためいき》をつく。

今から二日ほど前に、使われなくなった化学工場の一室で見つかった遺体は、全身が焼けただれ、見るも無残な様相を呈していた。しかも、検死の結果、気管や肺に重度の熱傷があるのがわかり、被害者が生きながら焼き殺されたことが判明したのだ。

いや、正確に言うと、炙《あぶ》り殺された。

天井から吊《つ》るした上、足元でたき火のようなものをして、哀れな男を燻製《くんせい》のように弱火で炙ったのだ。しかも、遺体に舌がなかったことから、炙る前にひどい拷問《ごうもん》にかけられた可能性が高い。

被害者は、散々痛めつけられたのち、じわじわと焼けただれていく苦しみを声に出して嘆くこともできず、沈黙のうちに身をよじりながら死に絶えた。

犯人は、いったいなんの目的があって、そんな非道なことをしたのか。

殺人課の刑事になって以来、他殺死体も多く見てきたが、これほどまでにむごい現場は初めてだった。

思い出しただけで、吐き気がこみあげてくる。

(まるで中世の魔女狩りだ——)

人間のやることとは思えないが、歴史の上では、「異端審問」の名の下に公然とこのような陰惨なことが行なわれていた時代がある。特に、ここドイツでは、魔女狩りの嵐《あらし》が激しく吹き荒れた。

(誰かが、今様「魔女狩り」でも始めたのか)

そのことを示すかのように、遺体のそばには、四体の黒い悪魔が描かれた赤い旗のようなものが置かれていた。

間違いなく、犯人が残したものだ。

人を残忍な手段で殺しただけでは飽き足らず、こんなふざけたものを残すような人間は、おそらくまともな精神構造はしていないはずだ。事件現場の様相からして、昨今言われるようになった「サイコパス」の仕業であるのかもしれない。

(となると、この先、連続殺人事件に発展することだってあり得る)

それは、厄介極まりないと思いながら手入れの行き届いていない髪を無雑作にグシャグシャとかきまわし、刑事は踵《きびす》を返して路肩に停めてある車まで戻っていった。

洗車を怠ったばかりに薄汚れて見える車のドアに手を伸ばすが、その時、ふと、通りの反対側で犯行現場となった建物にカメラを向けている男がいるのに気づき、目を細める。

黒い髪に鋭さを秘めた黒い瞳。

のっぺりとした顔は東洋に特有のもので、彫りの深い西洋人を見慣れている刑事には見分けのつきにくい造形だ。

それでも、全身に漲《みなぎ》るオーラのようなものが、彼を他から際立《きわだ》たせている。

「失礼」

近づいた刑事が話しかけると、ファインダーから目を離した男が、細めた目で笑顔を作りつつ答えた。

「ああ、どうも」

「誰だ？」

「記者です」

言いながら、片手で提示された記者証には、漢字とローマ字で「東都新聞国際部欧州特派員　斉木《さいき》真一《しんいち》」と書いてある。

「中国人？」

「日本人ですよ」

「へえ。――で、今ごろ現場取材か？」

「ええ。見ての通り」

だが、犯行が露見したのは一昨日の朝で、ほとんどのマスコミは一昨日から昨日にかけて殺到し、今は、逆にガランとしている。続報が出たならともかく、今から記事を書いても、誰も読みはしないだろう。

刑事が、皮肉気に言う。

「日本人は、ずいぶんとのん気だな」

「そうですか？」

「ああ。二日も経《た》ってから取材に来たところで、なんの収穫もないだろう」

「たしかに、おっしゃる通りなんですが」

答えた男が、食えない笑みを浮かべつつ続ける。

「でも、それは、あくまでもこの事件に関する取材についてであって、俺の場合、別件で駆け付けただけですから」

「別件――？」

「そうですよ。俺は、昨日までグラーツにいて、そこで起きた殺人事件を取材していたんです」

「――グラーツって、オーストリアの？」

「ええ」

うなずいた斉木が、「あちらも」と続ける。

「これと一緒で、魔女狩りでもしているかのように、梁《はり》に吊るして、下から弱火で炙ったんです」

「……炙った」

「ひどいもんですよ。とてもじゃないが、人間のやることとは思えなかった」

「たしかに」

浮ついた返事をした刑事が「それで」と言うのと、斉木が「そうしたらですよ」と言葉を繋《つな》ぐのが同時だった。

斉木が、強引に続ける。

「昨日の夜、ネットでドイツでも似たような事件が起きたというつぶやきを見つけたものだから、とるものもとりあえず、すっ飛んできたというわけです」

「——なるほど」

今度の相槌《あいづち》には、かなり力がこもっている。

刑事が「つまり」と確認した。

「あんたは、グラーツの事件とこの事件が同一犯の犯行だと思っているんだな？」

「間違いなくそうでしょう」

斉木が、あっさり断言する。

だが、経験を積んできた刑事としては、一介の新聞記者の言うことなど、鵜呑《うの》みにするわけにはいかない。

むしろ、疑ってかかってこそ、真実が見えてくる。

刑事が訊く。

「だが、いくら『火炙り』という特殊な殺され方であったとしても、それだけで、同一犯と決めつけるのは、時期尚早だろう。グラーッとケルンなんて、いくら同じEU圏といったところで、いちおう国境をまたぐわけだし、いったい、そんな離れた場所に住んでいる被害者にどんな共通点があるというんだ？」

「それについては、現在、調査中ですよ。なんといっても、まだ、こっちの事件は調べ始めたばかりなので」

「だろうな」

刑事が、改めて斉木の姿をじっくりと眺め、どこか喧嘩腰《けんかごし》に「結局」と言う。

「全部、あんたの推測に過ぎないわけだろう。——あるいは、ブンヤの勘というやつかもしれないが、警察は、そんな推測を元に動いたりはしない」

それに対し、斉木と名乗った日本の新聞記者は気分を害した風もなく、肩をすくめて「まあ」と穏やかに応じた。ハイエナに例えられることの多い職業だが、さすが温和な国民性で知られる日本人は、記者といえども穏やかだ。

「どう思おうと構いませんけど、もし、刑事さんが俺の話に興味があって、手っ取り早く、二つの事件の関連性を知りたいのであれば、とりあえず、グラーツの警察に電話して、訊いてみることですよ」

「訊いてみる？」

首をかしげた刑事が、続ける。

「なにを、だ？」

「それは」

そこで、あざとく一呼吸置いた斉木が、「現場に」と告げる。

「四体の黒い悪魔が描かれた赤い旗が落ちていなかったか――って」

とたん、刑事の表情が一変する。とっさに斉木の襟首をつかんで顔を寄せ、「あんた」と恐喝する勢いで訊く。

「どこで、それを――」

だが、刑事が態度を一変させるのを見返し、「してやったり」というようにニヤリとした斉木の顔を見た瞬間、彼は、自分がカマをかけられたのだと悟った。今の彼の態度を見れば、今回の現場にも、四体の黒い悪魔の描かれた赤い旗が落ちていたことは一目瞭然《りょうぜん》で、斉木は、それを確認するために情報提供したに過ぎない。

その証拠に、満足そうな笑みを浮かべ、斉木が「やっぱり」と言った。

「ここにも、あったんですね？」

「――ノーコメント《カインン・コメンター》」

斉木の襟から手を離した刑事が、お決まりの言葉で取材を拒否するが、それでめげていては、さすがにこの商売はやっていられない。

斉木が、続ける。

「ちなみに、グラーツの現場にはありましたよ。それで、現地では、宗教が絡《から》んだ犯行なのではないかと騒がれています。悪魔教信仰者による犯行か。――でなければ」

斉木が、観光地として知られるヨーロッパでも指折りの大聖堂のある方角を見やって告げる。

「やはり、今様『魔女狩り』で、異端の徒を罰しなければいけないと頑《かたく》なに信じる狂信者の手によるものか――」

と、その時。

先ほどから彼らの近くでゴミ箱を漁《あさ》っていた年老いた浮浪者が、いきなりパッと顔をあげ、白目をむきながら威嚇《いかく》するように叫んだ。

「悪を為《な》すベナアンダンティだ！　――悪魔の使徒たるベナアンダンティが、墓より蘇《よみがえ》ってきた！」

突然のことにあっけに取られた刑事と斉木が、なにも言えずに立ち尽くしているうちにも、年老いた浮浪者は、正気か、正気でないのかわからない様子で「ベナアンダンティ!」と叫びながら、通りを渡って歩き去って行った。

「ベナアンダンティが、来る!」

まだ呆然《ぼうぜん》としながら、斉木がつぶやく。

「——ベナアンダンティ?」

だが、その単語を初めて耳にした斉木にはまったく意味がわからず、もしや、彼の知らないドイツ語であるのかと思って地元の刑事を見やるが、ドイツ人である彼にしても初耳であったらしく、困った様子で小さく肩をすくめただけだった。

第二章　ウイキョウの戦士

Vatican Hidden Bibliotheca

1

聖人がヴァチカンにやって来てから、早一週間。

忙しいマリクの予定に合わせ、一日に数時間という短い時間ではあったが、秘密記録保管所のがらんとした閲覧室で、次から次へと台車で運ばれてくる古書の山と向き合っていた聖人は、本気で気がおかしくなりそうだった。

出口の見えないミッションというのは、こんなにも人の精神を蝕《むしば》むものなのか。

唯一《ゆいいつ》の救いは、ラテン語で書かれた雑多な文書類の内容が、案外面白いということだった。

例えば、ただ商品名と数量と値段が並んだものも、それが、十六世紀のある日のある場所で、その時代に生きていた誰かが何かを買ったり売ったりしたことの証《あかし》かと思うとワクワクするし、どこかで行われた裁判記録のようなものには、今では考えられないような内容が書かれていて、目を疑う。

そんなものに気を取られてしまうため、当然のことながら進捗《しんちょく》状況ははかばかしくない。しょっちゅう手の止まる聖人を、まるで怠け癖のある馬車馬でも追い立てるかのように、マリクがダビデ像のような美しい顔で叱咤《しった》するのだ。

その言い様には、容赦というものがない。

聖人は、神父というのはもっと穏やかで、何人であっても許し、海のように深い愛情で包み込んでくれる存在だとばかり思っていたのだが、マリク・フェデリオは、どちらかと言えば冷淡な感じで、人を注意する言葉に、愛情がこもっているようには思えなかった。

とはいえ、聖人も聖人で、しばらくすると、懲《こ》りずにまた違う資料に見入っていたりするので、マリクの対応の仕方もわからなくはない。

今もまた、聖人は一つの書簡に意識を奪われつつあった。

「……モロコシ？」

それは、十六世紀、「アクイレイア」と呼ばれるヴェネチア近郊の村で行われたなにかの記録のようなものの中にあった言葉である。それによると、教区司祭に魔女として訴えられた男は、自分はモロコシで戦うだけだと主張していた。

「アクイレイア」

それがあまりにも奇想天外な弁明であったため、すっかり心を奪われて思わずつぶやいてしまったのだが、その瞬間――。

「ほら、また手が止まっていますよ」

マリクの鋭い声が飛ぶ。

「そうやって、いちいち手を止めていたのでは、終わるものだって終わりませんよ。書かれているのが日本語でなければ、右から左に移せばいいだけだと何度も言っているのに、君ときたら、必ず数秒は見入っていますよね。ひどい時は丸々読んでいる」

「――えっと」

真実を突かれ、言い訳のしようがなかった聖人が口をつぐんで、チェックし終ったファイルを静かに閉じる。それを段ボールの中に丁寧にしまい、別のファイルを手に取っていると、マリクが背後で「君は」と言った。

「片付けが下手なのではありませんか?」

「いいえ。どちらかというときれい好きです」

「へえ?」

意外そうに相槌《あいづち》を打ったマリクが、続ける。

「見ている限り、片付けの最中に、昔読んだ本や漫画を手に取って読みだすタイプに思えますけど」

「――あ、それはたしかにあるかも」

振り返って認めた聖人が、説明する。

「物を捨てるのは苦手で、まさにゴミを寄り分けている最中に他に気を取られて、結局なにも捨てずに終わることは多いです。――でも、だから、できるだけものは買わないようにしていて、結果、部屋がきれいという」

「なるほど」

納得するマリクの声を聴きながら、聖人は新しく取り出したファイルの中身を順番に見始める。それは、審問記録かなにかのようで、裁かれようとしている男は、魔女を告発したことで、逆に訴えられたらしい。実に面白そうで、続きが読みたくてしかたなかったが、ターコイズブルーの瞳《ひとみ》がこちらを見つめているのを意識して、彼は、渋々、次の書簡を手に取る。

そんな聖人の動きを見ながら、マリクが「そういえば」と教えた。

「ラーメ教授は、とっくに退院なさっていたそうですよ」

「え、そうなんですか？」

知らなかった聖人に、マリクが同調する。

「私たちも知らなかったのですが、面会謝絶だった割に退院は思った以上に早かったようです。ただ、だからといって、すぐに仕事に復帰できるというわけではなく、しばらくは自宅療養なさるそうなので、まだ当分はこの状態が続くでしょう」

「そうですか、自宅療養……。そりゃそうですよね」

いい加減、この状態から解放されたかった聖人であったが、ささやかな希望はあっさり打ち砕かれた。

落胆を声に出さないように気を付けながら、聖人が言う。

「それなら、お見舞いを兼ねて、ここでの進捗状況を報告に行ったほうがいいんですかねえ」

すると、難解な神学上の問題にぶつかったかのような表情になったマリクが、「まあ」と厳かに答えた。

「日頃、お世話になっている相手を見舞うという点では、ぜひとも行って差し上げるべきだと思いますが、進捗状況という点で言わせてもらうと、正直、教授を前に、君がなにを報告するのかは、まったき謎《なぞ》です」

「――やっぱり？」

そこで、残念そうに手にした書簡をおろした聖人が、嘆く。

「いっそのこと、僕も骨折したい――」

2

「猊下《エミネンツァ》」

ヴァチカン宮殿の廊下を歩いていた男が、呼びかけに応《こた》えて振り返る。

「猊下《げいか》」と呼ばれるからには、大司教以上の位階保持者であるはずだが、それを示すようなものはなにも身に付けていない。黒いジャケットの下に聖職者であることを示す独特な襟が覗《のぞ》くだけのシンプルな出《い》で立ちだ。もっとも、装飾品ではわからなくても、全身からにじみ出るオーラが十分に位階の高さを示している。実力で高い地位にまで上り詰めた者だけが持ち得る独特な雰囲気を、この神父は存分に持っていた。

ジョバンニ・デ・バレリ枢機卿《すうききょう》。

ヴァチカン教皇庁の内務長官にして、他にもいくつかの委員会で顧問を務めている彼は、おそらく神の国で働く者の中でももっとも多忙を極める人物であった。

「これは、モンゴメリ司教」

追いついて来た相手と長い廊下を並んで歩きながら、バレリ枢機卿が尋ねる。

「貴方《あなた》がお一人でいるとは、珍しいですね。我らが教皇《パパ》のご機嫌はいかがですか？」

モンゴメリ司教は、枢機卿でこそないものの、現在、教皇の相談役として常に身近に寄り添い、影のように付き従っている。つまり、この穏健な司教は、教皇の元に集まってくるありとあらゆる情報のほぼすべてを掌握していると考えていい。

モンゴメリ司教が、表情を翳《かげ》らせて答える。

「そうですね。良好と言いたいところですが、残念ながら、あまりよろしくないと申し上げるしかなさそうです。——実は、その件で相談があって参りました」

「私に？」

「はい」

深刻そうな面持ちでうなずいたモンゴメリ司教が続ける。

「実は、今朝、いつもの時間にいつものように教皇のお部屋でご一緒にテレビの報道番組を見ていたのですが、聖下は、グラーツとケルンで立て続けに起こった殺人事件にカトリック教会に関係する何者かが絡《から》んでいるのではないかと考え、とても気に病んでおられました」

「——ああ」

バレリ枢機卿が、表情を曇らせる。

「あの事件が、ついに教皇《パパ》のお耳にも入りましたか」

「はい。まだ、イタリアでは大きく取り上げられていないようですが、なんとも忌《い》まわしい事件です。殺害の方法が尋常ではありません」

「ええ」

「とても人間がやることとは思えませんが、今後、事件が報道されるたびに、かつての教会が『魔女狩り』を奨励したように言われるであろうことが、聖下のお心を痛めているのです。教会は、たしかに異端審問には積極的でしたが、弱者を痛めつける魔女狩りには慎重だったはずです」

バレリ枢機卿が、優雅に片眉《かたまゆ》をあげた。相手の言い分に対し異を唱えたい時のくせである。

モンゴメリ司教の心境はわからなくもなかったが、その考え方では、歴史を歪《ゆが》めることになる。魔女狩りを奨励した教皇は確かに存在したし、それにより、パリ議会や人文主義者たちの提言で下火になりかけた魔女狩りの熱狂が再び高まりをみせたことは、否定しようのない歴史的事実だからだ。

バレリ枢機卿が、厳しい口調で応じる。

「モンゴメリ司教。歴史を見つめ返す時は、中途半端《はんぱ》なことをしてはいけません。そんなことをしていたら、歴史からはなにも学べませんよ。我々の過去を思えば、この手の事件が起きた際、魔女狩りが引き合いに出されても致し方ありません。――ただ、負の歴史を受け入れるということは、二度と同じ過《あやま》ちを繰り返さないことに通じ、そう言う意味で、現在のヴァチカンは、なにがあろうと人道的手段で対処すると自信を持って宣言できることが、大事なのです」

「——たしかに、そうですね」

「正直、犯してしまった過ちを根本的に拭《ぬぐ》い去るのは、難しいことです。いや、それどころか、その影は永遠に我々に付きまとってくるでしょう。——ですが、だからと言って、必要以上に気にすることはなく、今現在のこととして身に覚えがなければ、堂々としていればいいだけのことです。陰謀論者たちは、そのへんの木から林檎《りんご》が転がり落ちただけでも、そこに何者かの悪意を見出《みいだ》すような人々ですよ。気にするだけ、損です」

「それはおっしゃる通りですが……」

いちおう同意はするが、モンゴメリ司教にはなにか気になることがあるらしく、「身に覚えがなければ……か」とつぶやいた。それから、顔をあげ、バレリ枢機卿を真っ直《す》ぐに見て尋ねる。

「実は、ちょっと前にある噂《うわさ》を小耳に挟みまして」

「噂？」

「はい。聖庁宛てにおかしな手紙が届いたそうですね。しかも、内容が、今回の事件に関係していそうなものであると聞きました」

「おや。やはり、その件ももうご存知でしたか」

苦笑気味に応じたバレリ枢機卿に、モンゴメリ司教が重々しくうなずく。

「それが本当なら、由々しき事態です。それこそ、痛くもない腹を探られることになるわけで、用心しませんと」

言いながら、嫌悪《けんお》感に眉根を寄せ、モンゴメリ司教は「なんといっても」と続ける。

「私たちには、『魔女狩り』以上に、聖職者にあるまじき悪習を抱えている可能性があるわけで、アイルランドに端を発するあのような不祥事を二度と起こさないよう、教会全体が一丸となって、内に巣食う悪を吐き出す必要があるのですから」

「……アイルランド、ねえ」

バレリ枢機卿が皮肉気な笑みでもって受けとめる。

アイルランドに端を発するあのような不祥事――というのは、数年前、教会が運営している児童福祉施設で、長年にわたり、少年を対象とした性犯罪が横行していたという衝撃的な事実が、マスコミによって暴露されたのだ。しかも、それを皮切りに、世界各国で似たような不祥事があったことが明るみに出て、教会の信用は失墜した。

隠蔽《いんぺい》する前に全世界に記事が発信されてしまったため、ヴァチカンは、その対応に追われる羽目に陥った。その後遺症はいまだに残っていて、信徒の教会への不信感をなかなか拭い去れずにいる。

そんな折、また同じような不祥事か、あるいは、連続猟奇殺人事件などというさらなる大問題が発覚したら、どうなるか。

「それこそ、教会離れは歯止めを失い、存続すら危うくなります」

司教の言葉に、バレリ枢機卿が同意する。

「たしかに、今後、私たちはあらゆる面で慎重になる必要があるでしょう。――実を言いますと、聖下の御心《みこころ》を煩《わずら》わせるには及ばないと判断し、報告するのは控えていましたが、おっしゃる通り、教会関係者があの手の犯罪に関与していてもおかしくないような怪しい手紙が届いたのは、事実です」

「やはり、そうですか……」

真剣な面持ちで考え込んだモンゴメリ司教に対し、バレリ枢機卿が説明する。

「現在、警察に届けるかどうかを検討中ですが、下手に騒いで藪《やぶ》をつつくようなことになっては、本末転倒ですので、それこそ慎重を期すつもりでいます。幸い、イタリア国内では、まだ同様の事件は報告されていないので、そのあたりと照らし合せて対処していけばよろしいかと。――この事件を独自に追っているという新聞記者からの問い合わせもあり、そちらからも詳細を聞き出すつもりです」

「なるほど」

うなずいたモンゴメリ司教が、少し肩の荷がおりた様子で続ける。

「他でもない内務長官がそうおっしゃるのであれば、今は、そっくりそのまま、聖下にお伝えすることにします。――きっと、聖下も少しは安心なさるでしょう」

「そうであってくだされればいいのですが」

言葉ほどには謙遜《けんそん》している素振りのないバレリ枢機卿に対し、「ちなみに」とモンゴメリ司教が確認する。

「バレリ枢機卿のお考えでは、一連の事件に教会関係者が関与している確率は、どれくらいでしょうか？」

「……そうですね」

しばし考え込んだ枢機卿が、「まあ」と伝えた。

「少なく見積もっても、半々くらいでしょう」

3

悪を為《な》す者には、それ相応の死を――。


そんな物騒な手紙が教皇庁に届いたのは、復活祭《イースター》に入ってすぐのことである。

ただ、正直、この手のおかしな内容の手紙はけっこう頻繁に送られてくるし、なんといってもカトリック教会最大の祭事である復活祭の行事が目白押しだったので、バレリ枢機卿は、当初、この手紙にさほど注意を払っていなかった。

それが変わったのは、イースター期間中にオーストリアのグラーツで奇妙な殺人事件が起きたという報告を受けた時からだ。

教区司祭の話では、郊外の廃墟《はいきょ》で見つかった遺体は、まるで中世の魔女狩りのようにひどい拷問《ごうもん》にかけられ、最後は天井の梁《はり》に吊《つ》るされ火炙《ひあぶ》りにされていたという。

しかも、遺体のそばには、これみよがしに四体の悪魔が描かれた赤い旗が置いてあったらしく、もし、その悪魔が被害者を象徴するものならば、まさに、手紙にあったように「悪を為す者には、それ相応の死」がもたらされたことになる。

だが、本当に被害者が悪魔めいた存在かといえば、そんなことはまったくなく、現代の若者らしく、洗礼は受けたものの教会へはほとんど通わず、自分で録画したバンド活動の様子をせっせと動画サイトに投稿し、世界中からの「いいね」を待つような生活をしていたという。

そんな、ある意味とてもふつうの青年が、なぜ、火炙りの刑に処される必要があったのか――。

まさか、教会に足を向けないからなんて理由ではないはずだ。もしそうなら、今日のヨーロッパでは大半の若者が、「悪を為す者」になってしまう。

となると、若者には、友人たちも知らない別の顔が隠されていたのか。

（四体の悪魔の描かれた赤い旗――ね）

その意味するところを考えながら歩いていたバレリ枢機卿は、前方に、秘密記録保管所の扉から出てきたばかりの二人組を見つけ、声をあげる。

「セイト」

振り返った聖人が、「あれ？」と驚きの声をあげて駆け寄ってきた。

相変わらず小鹿《こじか》のようにしなやかな体つきでありながら、動きがどこか子パンダのように愛嬌《あいきょう》のある青年だ。その背後には、ダビデ像のように美しく整った顔立ちの神父がいて、宝石のようなターコイズブルーの瞳でこちらを見つめている。

「大叔父さん！」

慣れ親しんだ呼び方で呼んだ聖人が、バレリ枢機卿の前まで来たところで、「あ、そうか、ここではそうじゃなく」と言い直す。

「エビデンス——じゃないな、えっと」

どうやら、「猊下」と呼びかけたかったようだが、とっさに単語が思い浮かばないらしい。惜しいとも言えない言い間違いをしてオロオロしている聖人の背後から、スッと前に進み出たマリクが、正確な呼び方をする。

「猊下《エミネンツァ》」

それから、軽く跪《ひざまず》いて形式的に枢機卿の手を取り、指輪の上に口づけした。その淀《よど》みの無い完璧《かんぺき》な振る舞いをポカンとした顔で見ている聖人の前で、バレリ枢機卿が先にマリクに挨拶《あいさつ》する。

「やあ、マリク。元気でやっているかい？」

「はい」

聖人が意外そうに二人を見やる。

「――二人は知り合いなんですか？」

「まあね」

認めた枢機卿が、淡々と続ける。

「というより、マリクを知らないほうが、ここではもぐりだよ。――というのも、彼、この若さで教皇の顧問団の一人だから」

「顧問団？」

「平たく言うと、側近だな」

「側近――」

それはなんかとてもかっこいい響きだと感心する聖人に、大叔父がさらに詳しいことを教えてくれる。

「彼は、とても優秀かつ熱心な司牧者で、司祭として遣わされたメキシコの犯罪多発地帯で、すっかり廃《すた》れてしまった教会を立て直すために尽力し、見事、信者を取り戻したという実績の持ち主なんだ。さらに、その地域の女子修道院長と協力して、修道院付属の病院を設立するのにも力を貸した。その功績が認められ、当時、引退なさった前聖下の後継者を選ぶ教皇選挙《コンクラーベ》で選出されたばかりの聖下から、側近に加わるためにヴァチカンに戻るよう直々に命じられたのを、教区が安定するまでは離れたくないという理由で断った。――我々などには信じられない話だったが、事情が事情であるため、聖下は彼の意志を尊重し、二年の猶予《ゆうよ》を与えた。そして、教区が安定した昨年、教皇からの再三にわたる催促に応え、ついにヴァチカン入りを果たしたというわけだ。要するに、ヴァチカンの風雲児だな。今では、小さいことから大きなことまで、ありとあらゆる厄介事に対処する役目を担《にな》っている」

「へえ」

途中から、尊敬の目で見つめ始めた聖人の視線を、マリクは煩わしそうに横顔で遮断した。

褒められているのに、ちっとも嬉《うれ》しそうでないのは、なぜなのか。

そんなマリクに、バレリ枢機卿が言う。

「ところで、マリク。今回は、変なものを押しつけてしまって悪かったね」

言いながら、視線が聖人の上に流れたところをみると、どうやら、「変なもの」とは聖人のことであるらしい。

「いいえ」

相手の意図を察したマリクが心得た様子で答える横で、まったく気づいていない聖人が、訊《き》く。

「変なものって?」

だが、それには答えず、バレリ枢機卿は聖人に視線を戻し「それはそうと、セイト」と告げた。

「君に渡したいものがあったんだ。ワシントンにいる兄から預かったものだけど、忙しくてなかなか会えなかったろう」

言いながらバレリ枢機卿が聖人に渡したのは、細い革紐《かわひも》を二本組み合わせ、中央の飾りとして金のプレートを配したブレスレットだった。プレートの表側には、飾り枠の中に葡萄《ぶどう》を戴《いただ》く杖《つえ》とライオンが並んで描かれていて、その下に家訓のような言葉がラテン語で添えられている。

Ecce in oculo mentis.

さらに裏を返すと、そこにはディルかウイキョウのような草花の茎が炎をあげている絵が単独で描かれていた。

「……なんですか?」

胡乱気《うろんげ》に尋ねた聖人の左手にブレスレットをつけてやりながら、バレリ枢機卿が説明する。

「一種のお守り――かな」

「お守り？」

そこで、ブレスレットをじっくり見た聖人が、不思議そうに訊き返した。

「お守りって、ロザリオとかではなく？」

とたん、クッと小さく笑った枢機卿が「君に」と呆《あき》れて言う。

「ロザリオなんて渡したところで、それをかざしながら『ナンミョーホーレンゲーキョー』とか言いそうだからね。それよりは、こっちがいいだろう。これは、バレリ家の紋章入りのブレスレットなんだ」

「紋章入り……」

どうりで、どこかで見たことがある図柄だと思った聖人に、大叔父が説明を続けた。

「本来なら指輪にするべきなんだけど、カタリナから――つまり、君のお母さんってことだが――日本ではあまり男子が指輪をすることが無いと聞いて、以前、君が、腕にミサンガを付けていたのを思い出し、急遽《きゅうきょ》、ブレスレットに作り直したんだ」

「ふうん」

たしかに、大学時代、サークルの友だちと買ったミサンガをノリでつけていた時期もあったが、本当にただのノリに過ぎず、飽きてすぐに外してしまった。だから、こんな風にブレスレットをもらったところで、あまり身に付けないかもしれないなと心の中で懸念《けねん》する。

すると、聖人の胸中を察したらしい枢機卿が、「その様子だと」と言う。

「邪魔に思うかもしれないが、ローマにいる間は、常に身に付けているといい。そうすれば、万が一、面倒事に巻き込まれたりした時に、きっと役に立つから」

「面倒事？」

「例えば、警察沙汰《ざた》とか」

そんなことにはならないと断言したかったが、警察沙汰には事故など不慮の出来事も含まれると思い直して、黙っていた。

ブレスレットは、ミサンガのような軽さと着け心地であるが、金のプレートに彫り込まれた模様の一部にダイヤモンドが使われているなど高級感に溢《あふ》れている。少々、一介の学生には不釣り合いといえよう。

バレリ枢機卿が「ああ、それに」と茶目っ気たっぷりに付け足す。

「もしお金が無くてご飯が食べられないなんてことがあれば、それを見せれば、たいていのレストランでご飯が食べられるよ」

「――え、本当に？」

そんな魔法のようなことがあってもいいのかと驚く聖人に対し、バレリ枢機卿は、冗談とも本気ともつかない表情のまま「だから」と釘《くぎ》を刺した。

「どうするかは君の自由だが、くれぐれも失《な》くさないように」

「――わかりました」

聖人が改めてブレスレットに見入っていると、バレリ枢機卿が声の調子を変えて「それで」と訊く。

「肝心の書簡捜しのほうは、うまくいっているのかい？」

「……あ、えっと、それは」

そこで、チラッとマリクを見た聖人の視線を見逃さず、大叔父が畳みかける。

「もしかして、マリクに迷惑をかけたりしていないだろうね？」

「かけてません」

即答した聖人であったが、マリクのほうは異論がありそうに片眉をあげた。そんなマリクにチラッと視線を流したバレリ枢機卿が、二人から離れながら告げる。

「それならいいけど、なにか問題があるようなら、いつでも私に言いなさい。――マリクも」

だが、聖人は大叔父の連絡先を知らないので、問題があっても相談のしようはなかった。典型的な社交辞令であったが、それでも、そう言ってもらえただけで安心するので、これも必要なことなのだろう。

二人きりになったところで、マリクがふいに「私に」と疑問点を蒸し返す。

「――迷惑をかけていない？」

バレリ枢機卿の質問に対する聖人の返事に、やはりマリクは納得していなかったらしい。

「ああ、えっと……」

心に疚《やま》しいことのある聖人は、バツが悪そうに口ごもってからマリクに訊き返した。

「もしかして、迷惑をかけていますか？」

言ってから答えを待たず、「そりゃ」と自分で自分に言い聞かせる。

「かけていますよね」

なんといっても、聖人が曖昧《あいまい》な態度を取ったせいで幻の書簡捜しを監視する羽目に陥り、日々、空《むな》しい時間を過ごさなければならなくなったのだ。それだけでも十分迷惑であろうに、聖人の好奇心が旺盛《おうせい》過ぎるために、書簡捜しは一向に進まず、暗礁《あんしょう》に乗り上げかけている。

だが、自分から話を蒸し返した割に、聖人が自問するように非を認めると、マリクは肩をすくめてどうでもよさそうに答えた。

「……さあ、どうでしょうね。私にはなんとも」

やがて別れ道に差し掛かった二人は、挨拶を交わして別々の方向へと歩き出す。

マリクと別れた聖人は、歩きながらスマートフォンを取り出し、ラーメ教授にメールする。最初は電話にしようかとも思ったが、まだ動くのに不自由している可能性もあるため、気をまわしてメールで済ませることにしたのだ。

内容は、大まかに言うと、『お邪魔でなければ、お見舞いに伺いたい』という様子窺《うかが》いのものである。

すると、ものの数分もしないうちに、ラーメ教授から返信が来た。

——いつでも歓迎する。

そこで、スマートフォンのカバーを閉じてポケットにしまった聖人は、ローマ大学に近い場所に建つ教授の家を訪ねることにした。

4

同じ頃。

フランスの首都であるパリ郊外の自宅の前で、迎えに来たタクシーに乗り込もうとしていたパンジャマン教授に対し、ふいに横合いから声がかけられた。昨夜降った雨のせいで路面が濡《ぬ》れ、住宅街はどこかどんよりとした灰色をしている。

「――パンジャマン教授でいらっしゃいますか？」

振り返ると、そこに東洋系の男がいた。パンジャマン教授の見立てでは、おそらく日本人であろうが、中国人、韓国人、日本人の区別は、非常につきにくい。

パンジャマン教授が、答える。

「そうだが、君は？」

「突然、すみません。記者をしている斉木真一と言います」

名刺を取り出して渡しながら、斉木は続けた。

「実は、どうしても教授にお伺いしたいことがあって、アポも取り付けずに来てしまいました」

「来てしまったって、日本から？」

名刺にある肩書などをザッと見た教授が、意外そうに訊き返す。

会える当てもないのにわざわざ日本から来たのであれば、すごい行動力だと思ったのだが、どうやら違ったらしい。

「いいえ。ドイツからです」

「ドイツ？」

いったい、日本人の記者がそんな場所でなにをしていたのかと思うが、その時、車内で不審げに振り返ったタクシーの運転手に「旦那《だんな》、どうかしましたか？」と声をかけられたので、現実に引き戻され、斉木への興味が薄らいだ。

　そこで、腕時計を見おろしながら伝える。

「君、悪いが、私はこれから空港に向かわねばならんのでね。わざわざ来てくれたのになんだが、出直してもらえないか」

　だが、斉木は、さすが新聞記者を名乗るだけはあり、簡単には引き下がらない。

「そうおっしゃらず、空港までの道中だけでも構いませんから、話を聞かせてもらえませんか？」

　パンジャマン教授が、少々面倒くさそうに言い返す。

「そうは言うが、話というのはなんだ？」

　相手の苛立《いらだ》ちを敏感に察し、ここは単刀直入に切り込んだ方がいいと踏んだ斉木が、一拍置いて告げる。

「『レーブ・プロジェクト』についてです」

　とたん、パンジャマン教授の表情が硬くなり、「君は」と尋ねた。

「どこで、それを？」

「それは、一言では説明しづらいのですが、最終的には、ネット上に、半年前に行われた実験の被験者を募集した際の募集要項を見つけて、おおよそのことを知ることができました」

「なるほど」

納得したパンジャマン教授ではあったが、「残念ながら」と断る。

「『レーブ・プロジェクト』は、まだ公表できる段階ではないので、どちらにしろ、出直してもらうしかないな。詳細について知りたければ、現在、某科学雑誌に掲載してもらうための審査を受けている状態で、おそらく再来月くらいまでには全容が明らかにされるはずだから、それを見てもらうのが手っ取り早いだろう。——そのあとでなら、いくらでも取材に応じるよ」

そう告げて、タクシーに乗り込もうとしたパンジャマン教授の背中に向け、斉木が「ちなみに」と決定打を放つ。

「教授は、被験者のうち、グラーツ在住のリッテンバルトとケルン在住のアーレンドルフが立て続けに亡《な》くなったことを、ご存知ですか?」

すると、一度乗り込んだタクシーから頭を突きだし、パンジャマン教授が目を大きく見開いて問い返した。

「リッテンバルトとアーレンドルフが死んだ?」

「ええ。ご存知ではありませんでしたか?」

「知らん。——ここしばらく、学会の準備に追われていて、新聞もテレビもろくに見ていなかったから」

実際、斉木が知る限り、この事件を、国境を越えた連続殺人事件として扱っているマスコミはほとんどなく、フランスではまだ見ていない。むしろ、国境の壁が低いネット上のほうが、様々な情報が飛び交っている。

驚きから戸惑いへと表情を変化させながら、パンジャマン教授が混乱したように訊き返す。

「いったい、なにがあったんだ。――事故かなにかか?」

「いいえ」

「なら、病気?」

「違います」

なかなか正解が出ない合間に、教授が事態を飲み込めない様子でつぶやく。

「しかし、よりにもよって、なぜあの二人が――?」

斉木が期待を込めて見おろしていると、考え込んでいた教授が、首を軽く倒して同乗をうながした。

「乗りなさい。詳しい話が聞きたい」

そこで、待ってましたとばかりに乗り込んだ斉木がドアを閉めると、ほどなくタクシーが走り出す。

すぐに、パンジャマン教授が訊く。

「それで、二人はどうして亡くなったんだ。事故でも病気でもないとなると——」

斉木が、声を潜めて答える。

「他殺です」

「他殺？」

「はい。二人は、何者かに殺されました」

「殺されたって、まさかそんな！」

パンジャマン教授が思わず大声をあげてしまったため、タクシーの運転手がルームミラー越しに興味深そうな目を向けてきた。

気づいたパンジャマン教授が、誤魔化すように小さく咳払《せきばら》いして尋ねる。

「——あ〜、君は、フランス語が堪能《たんのう》なようだが、他に話せる言語はあるか？　ちなみに、日本語は私が分らないから外してくれ」

「ロマンス語系の言語なら、幾つか。あとドイツ語も少し」

「イタリア語は？」

「大丈夫です」

「それなら、イタリア語で話そう」

おそらく、タクシーの運転手にはわからないであろう言語を選択した彼らは、そこからはイタリア語で話し出す。

「二人が殺されたというのは、たしかなのか？」

「はい」

「なぜ？」

「わかりません。ただ、猟奇殺人事件として扱われるくらい、二人とも、ひどい殺され方をしています」

「——猟奇殺人事件？」

とても信じられないというように繰り返したパンジャマン教授に、斉木は、スマートフォンを操作して、それぞれの国の新聞が特集した殺人事件の記事を見せた。

「どちらも、拷問の末、火炙りにされたんです」

スマートフォンの記事を読んだパンジャマン教授が、途中から顔を歪め、読み終わったところで、憤慨したように言う。

「こんなこと、信じられん！」

「本当に、人間のやることとは思えませんよ」

「だが、何度も言うが、なぜ、二人がこんな風に殺されなくてはならなかったんだ？」

斉木が、苦笑して答える。

「それを、俺は、今調べているわけですが、オーストリアとドイツという離れた場所に住む彼らを結びつけるのは、教授の指導のもとで行われた『レーブ・プロジェクト』だけなんです。――しかも、突き止めるのはけっこう困難で、おそらく、どちらの警察もまだこの情報を把握していないでしょう」

「……まあ、そうだろうな」

パンジャマン教授は、さもありなんと言わんばかりに深く頷《うなず》いて言った。

「有償で行われた実験に参加するにあたって、被験者にはかなり細かい条項の書かれた契約書にサインしてもらっている。当然、秘密保持についても謳《うた》われていて、違反した場合は、高額の罰金を支払ってもらうことになっていた。だから、彼らは、親兄弟など親しい人間にも、実験の内容については話していないはずなんだ」

「そのようですね。――ただ、やはり若者にありがちな軽佻《けいちょう》浮薄さで、あちこちにちょこちょことヒントらしきものが残されていたので、そのあとを辿《たど》って、このプロジェクトの存在を探り当てたわけです」

「なるほど。たしかに、実験自体は、国から予算を取っている公式なもので、決して隠蔽していているわけではないので、探そうと思えばいくらでも探し出せるだろう。――それに、なんだかんだ言っても、あれはただの科学実験に過ぎず、参加した人間が殺されるなどという怪しげな要素は、どこにもないと断言できる」

「そうなんですか？」

詳しい実験内容について知らない斉木には、そんな相槌《あいづち》しか打てない。

「ちなみに」

なだらかな道の先に空港の滑走路が見えてきたのを目の端にとらえつつ、斉木はとにかく一番聞きたい質問を教授にぶつけた。

「教授には、大勢いる被験者の中で、なぜあの二人が殺害の対象として選ばれたのか、その理由がわかりますか？」

少し考えたパンジャマン教授が、認める。

「わかるよ」

「本当に？」

さして期待していなかった斉木は、その答えに驚いた。

「本当に、あの二人が選ばれた理由がお分かりになるんですか？」

「ああ。殺された理由はわからないが、あの二人が選ばれた理由なら、わかると思う」

疑わしげな斉木を前に、「なぜなら」と続けた教授が重々しく告げる。

「あの二人には、明らかに他の被験者と異なる共通点があって、そのために、私は、この夏、彼ら二人だけを対象にした新たな実験に挑むことになっていたんだ」

「新たな実験――」

まさか、そこまで明白な共通点があったとは思っていなかった斉木が、ゴクリと唾《つば》を飲み込んで訊く。

「それで、その二人の共通点とは——？」


タクシーが空港に着き、荷物を持って搭乗ゲートに向かったパンジャマン教授の小柄な背中を見送った斉木は、乗って来たタクシーに再び乗り込みながら、なんとも複雑そうな表情をしてつぶやいた。

「なるほどねえ」

教授の口から聞かされた共通点は、実に単純で、且《か》つ、にわかには信じがたいものだった。

その想《おも》いが、知らず斉木の口をついて出る。

「——でも、まさか。本当に、そんなことがあり得るのか？」

ただ、つぶやいたところで、当たり前だが、それに答えてくれる声はなく、彼は運転手に宿泊しているホテルの名前を告げると、あとは目を閉じてひたすら考え事に集中することにした。

5

「いやいや、心配かけて申し訳なかった」

ラーメ教授が、ベッドの上に半身を起した状態で言う。

五十代半ばの教授は独身で、いつもは灰色がかった髪をきっちり撫《な》でつけているのだが、さすがに今日はかなりのみだれ髪だ。だが、人を威圧するぎょろりとした目は健在で、背が高く骨格のいい体にパジャマとガウンをまとった姿は、おとぎ話に出てくる魔法使いを思わせる。

（……こんなにぎらぎらした感じの人だったっけ？）

相手の印象に異なるものを感じつつ、聖人は、それも痛み止めなどのせいだと己を納得させる。

聖人が恐縮して答えた。

「いえ、思ったよりお元気そうで安心しました」

言いながら、視線が書棚のほうに流れる。そこには本のほかに、写真立てに飾られた絵画や置物などが雑多に並ぶ。

初めてのお宅訪問で緊張しているせいか、聖人は妙に落ち着かない。無意識にあちこち見てしまって、ふとそれが失礼なことのように思えてパッと姿勢を正す――、その繰り返しだ。

そんな聖人の様子をジッと観察しながら、ラーメ教授が弁明する。

「どうやら情報が錯綜《さくそう》したらしく、最初は面会謝絶と連絡がいったそうだな」

「はい」

「だが、それは別の事故で運び込まれた男のことで、私のほうは、そんなでもなかったんだよ。——ま、そうは言っても、医者からはしばらく安静にするよう言われてしまったので、書簡捜しは、引き続き、君に任せるが」

「あ、いやでも」

そこで、聖人が、鬱憤《うっぷん》を晴らすように悩みをぶちまける。

「僕がどんなに頑張っても、あの量はこなせないと思います」

だが、「ふっふ」とおかしそうに笑ったラーメ教授は、他人事《ひとごと》のように返した。

「構わんよ」

「え、いいんですか？」

拍子抜けしたように応じ、聖人はマジマジと教授の顔を見つめる。

教授がヴェネチアの公文書館でひとつの記述を発見したと主張したことから、「天正遣欧少年使節団」が当時の教皇宛てに送ったとされる幻の書簡を探すことになり、聖人はここしばらく、山と積まれた書類の中で空しい日々を過ごしている。

それだと言うのに、教授は、それをどうでもいいことのように言うのだ。そして、実際、「ああ」とうなずいたラーメ教授は、聖人の苦労を骨折り損にするような発言を無情にも続けた。

「とりあえず、私の代わりに一所懸命やっているというところをヴァチカン側にアピールしておいてくれたら、それでいい。あと一週間もすれば、私も松葉杖を使って移動できるようになるだろうし、いちおう、ルチア女史から、君の作業の効率をあげるために捜す範囲を指定してほしいと言ってきているので、あとで記録保管所の担当者に連絡をしておくよ。だから、君はなにも気にせず、ただ、紙の山とにらめっこしてくれていたらそれでいいんだ」

「……はあ」

なにか釈然としないと思いつつ、聖人はうなずく。それくらいなら、作業を一旦《いったん》中断すればいいのに、やはり体面を保つことが必要なのだろうか。だが、だとしたら、マリクは本当に貧乏くじを引いたことになる。

マリクの美しい愁《うれ》い顔を思い浮かべながら、聖人は思わず「ごめん、ダビデ」と心の中で謝った。彼の中で、マリクのあだ名はすでに「ダビデ」だ。

ラーメ教授が「もっとも」と続けた。

「万が一、捜している最中に、これがそうなんじゃないかという書簡が出てきたら、担当者かルチアにそう伝えてくれ。そうしたら、向こうで勝手に然《しか》るべき対処をしてくれるはずだから」

「……そんな簡単なものでしょうかねえ」

疑心暗鬼な聖人の言葉に、ラーメ教授はやはり他人事のように答える。

「ま、深く考え込まないことだ。――むしろ、驚いたのはこっちだしな。まさか、君一人が、あの秘密記録保管所に入ることになるなんて、夢にも思わなかったよ。ヴァチカンの連中は、何を考えているんだか。さすが、浮世離れしている」

聖人が、げんなりしながら同意する。

「本当ですよ。なぜか、あれよあれよと言う間に話が決まっていて、気づいたら、ダビデ――」

思わず、心の中で呼んでいるあだ名を言いかけた聖人が、急いで言い直す。

「フェデリオ神父と二人で秘密記録保管所の中にいたんですから」

すると、聖人があげた名前に反応し、ラーメ教授が目を見開いた。

「フェデリオ神父というと、あのフェデリオ神父か？」

「はい。マリク・フェデリオ神父です。まだ若い神父さんですけど、もしかしてご存知なんですか？」

「そりゃあね。ヴァチカン贔屓《びいき》のローマっ子なら誰でも知っているよ。なにせ『神の寵《ちよう》児《じ》』だ」

「へえ」

大叔父のバレリ枢機卿《すうききょう》も似たようなことを言っていたが、まさかヴァチカンの外にまでその名が知られていたとは驚きだ。

だが、たしかに彼ならば、どこにいようと人の目を引くに違いない。少なくとも、一度見たら、絶対に忘れられない容姿をしている。

「君も会ったならわかると思うが、あの容姿で頭も切れるから、行く先々の教会で信者数を激増させるというので有名になった。それで、ついたあだ名が――」

「『神の寵児』ですね」

聖人が納得して言うと、かなりのヴァチカン通であるらしいラーメ教授が、さらに色々と教えてくれる。

「修道院育ちの彼は、両親を知らずに生きてきたわけだが、そのことで、一部の平信徒たちが彼のことを天から舞い降りた天使だとか、現代に蘇《よみがえ》ったダビデ王ではないかと言い出す始末で、それには、彼を優遇している教会側も、さすがに頭を抱えたと聞いたことがある」

「ふうん」

つまり、彼をダビデに見立てたのは、聖人だけではなかったらしい。当たり前と言えば当たり前だが、聖人は、なぜかちょっとがっかりする。

ラーメ教授が「なんにせよ」と続ける。

「このままいけば、彼は枢機卿となり、やがては教皇の座に収まることもあり得なくはない」

「――教皇？」

そんなことは思ってもみなかった聖人であったが、そう聞いた瞬間、理由はわからないが、マリク自身は、ヴァチカンの権謀術数にまみれる表舞台にはあまり出ていきたくないのではないかと考えた。あの時、大叔父のバレリ枢機卿の褒め言葉を、あまり嬉しそうに聞いていなかった横顔には、どんな想いが隠されていたのか――。

（もしかして）

聖人は、勝手に想像する。

（ダビデは、ヴァチカンみたいにすでにできあがってしまっている世界を維持することより、テレビも電話もないような僻地《へきち》で、そこに生きる人々と交流しながら、神と対話したいんじゃあ……）

もちろん、本人がどう考えているかはわからないが、ふとそんな気がしてしまった聖人がしみじみ考えていると、ラーメ教授が「もっとも」と付け足した。

「伝統的なものを好む古い考え方の連中には、彼はあまり評判がよくないとも聞いたことがあるので、必ずしも、明るい未来が待っているとは限らないが、ね。今は使い勝手がよくて重宝されていても、問題が起きれば、後ろ盾の不確かな彼なんかは、あっさり切り捨てられる可能性が高い」

「――え？」

びっくりした聖人が、思わず言い返す。

「そんなの、ずるくないですか？」

「だが、世の道理でもある。それくらい、彼だってわかっているだろうし」

「……………」

他人事ながら、「わかりたくない」と思った聖人であったが、口に出しては言わなかった。

6

その夜。

下宿先の部屋で寝ていた聖人は、奇妙な夢を見た。

夢の中で聖人がいるのは、彼がよく夢で見る野原のような場所だ。

いつもなら、聖人はそこで旗を振る。

陽光を照り返してまばゆく輝く真っ白い旗には、きらめく金糸で獅子《しし》の姿が縫い取られている。

それが青い空に翻《ひるがえ》る様子は実に神々《こうごう》しく、聖人は旗を振りながら嬉しくなるのだ。

しかも、その夢を見た翌日は必ずいいことがあり、試験に合格したり、会いたかった人とばったり会えたりした。

だが、それとは逆に手にした旗を倒してしまった時は、用心する必要があった。翌日は、まったくツキに見放された一日になるからだ。

前に一度、聖人は、自分が持つ旗だけでなく、まわりでたくさんの旗が倒れている夢を見たことがあった。見渡す限り一面、倒れた旗に埋め尽くされていたのだが、その夢を見た翌日、日本を未曾有《みぞう》の自然災害が襲った。幸い、聖人のまわりで大きな被害はなかったが、その自然災害では多くの人が亡くなった。

以来、聖人は、もし次に同じような夢を見てしまったら、自分はどうすればいいのだろうかと、真剣に悩んでいる。だが、予知夢と言うにはあまりにも情報が少なく、どこで何が起きるかまでは示唆《しさ》されていないため、彼にできることはないに等しい。

そんなこんなで、聖人は、小さい頃から同じ夢を見ることが多かったが、その夜に見た夢は、いつもとちょっと違った。

訪れた場所は同じなのだが、翻っている旗が違う。

聖人の手に旗はなく、代わりに、誰かが大きな旗を振っているのが見えた。

白々とした陽光の下に翻る血のように赤い旗には、よく見ると、黒い悪魔のようなものが四体描かれていた。

旗の揺らめきに合わせ、描かれた悪魔のようなものが揺れ動く様子がなんとも不気味で、聖人は寝苦しさの中、自分のあげたうめき声で目が覚めた。

天井を見つめたまま、息を呑《の》む。

本当に嫌な夢だった。――いや、「忌《い》まわしい」と表現したほうが、今、彼が感じているものに近いだろう。

忌まわしく邪悪な夢だ。

なんで、あんな夢を見たのか。

布団《ふとん》の中でブルッと身を震わせた聖人は、そのあと、もう一度寝ようとしたが、結局目が冴《さ》えてしまって眠れず、そのまま朝を迎えた。

第三章　レーブ・プロジェクト

Vatican Hidden Bibliotheca

1

「……眠い」

夢見の悪かった聖人は、ローマ大学から自転車でヴァチカンに移動する途中、お昼を取るために訪れた公園でつぶやいた。

寝不足に加え、春のうららかな陽気が眠気を誘う。

ローマ市民の憩《いこ》いの場となっているその公園には、聖人と同じように、ここで昼食を取ろうと立ち寄るサラリーマンや学生の姿があり、さらに就学前の子どもを連れた母親たちがベビーカーを押して歩く姿もちらほら見られた。

屋台で買ったピッツァを食べたあと、時間潰《じかんつぶ》しに本を読み始めた聖人は、しだいにうつらうつらし始める。そのうち眠気がピークに達したため、本を読むのを諦《あきら》めて木製のテーブルの上に上半身を伏せて本格的に昼寝の体勢を取った。

すると、すぐに意識が遠のき、隣のテーブルでお絵かきをしていた幼児たちのキャッキャと騒ぐ声を耳にしながら、夢なのか現実なのか分らないくらいの曖昧《あいまい》な夢を見た。

もしかしたら、これが「明晰夢《めいせきむ》」と呼ばれるものなのかもしれないが、専門家ではない彼にはよくわからない。

うとうとはしているが、耳から入ってくる音が、現実として、たしかに聖人のまわりにある。

それなのに脳は夢を見ていて、その中で、誰かが彼の前に立って言ったのだ。


――目を閉じて見よ。ヨセファの野に翻《ひるがえ》るのは？


（……目を閉じて、なんだ？）

言われたことの意味がよくわからないまま、世界の秘密を教わったような気持ちになった彼は、必死でその言葉を手繰り寄せようとした。

（なんの野だって？）

だが、次の瞬間。

ビュッと風が吹き、横顔に紙のようなものがパシッと張りついた感触で、聖人はハッと目を覚ます。その際、無意識に顔に張り付いた紙をつかんだが、目は、真ん前にいるものに釘付《くぎづ》けになっている。

鳥だ。

かなり大きい。

翼を広げると、一メートル以上はあるだろう。

その鳥が、真ん丸い目で聖人を見ていて、覚醒《かくせい》した彼とばっちり目が合う。

それは、カモメだった。

海や港にいる、あの海鳥だ。

そんなものが、なぜ、こんな内陸部にいるのかといえば、最近になって漁獲量の減った港町から移動してきたカモメが、環境の整っているテヴェレ河畔に住みつき、ローマの空を席巻するようになっていたからだ。

ローマといえば、平和の象徴であるハトで有名だが、カモメの大移動により、泉の彫刻や橋の欄干に、身体《からだ》の大きいカモメが羽を休めている姿をあちこちで見ることができるようになっていた。

それを、ローマっ子たちは、案外、温かい目で見ている。

そして、今、そんなカモメの一羽が、聖人が寝ていたテーブルの上にいて、こっちをじっと見ているのだ。

目覚めたばかりの聖人は、頭が混乱して、ついカモメに向かって話しかけてしまう。

「――え、まさか、ジョナサン、君が？」

夢で話しかけて来たのか――。

だが、現実にはそんなことはあり得ず、やはりあれは夢だったのだろうと思い直す。

その証拠に、深い意味があるように思えた言葉も、よく考えたら夢らしい矛盾で満ちていた。

「『目を閉じて見よ』って、目を閉じたらなんにも見えないし」

つまらなそうに自分の夢に対して突っ込んでいると、それがわかったかのように、ふいにカモメが羽ばたき、聖人の脇《わき》をすり抜けるように飛び去って行った。

「チャオ、ジョナサン」

カモメの姿を目で追った聖人が、つぶやく。ちなみに、カモメに対し「ジョナサン」と呼びかけてしまうのは、リチャード・バックのベストセラー小説の邦題からきた聖人の思い込みだ。

カモメといえば、ジョナサン。

それしかない。

一人になった聖人は、そこで初めて、顔に張り付いていた紙を見る。

それは、白い画用紙に黄色いクレヨンで、太陽ともライオンとも見える絵が大きく描かれたものだった。

明らかに幼児の手による画風で、いつの間にかいなくなっていたが、隣のテーブルでお絵かきをしていた子どもが忘れていったものだろう。

返すこともできず、かといって、そこにゴミとして残して行くわけにもいかなかった聖人は、悩んだ末、それを本の間に挟んで席を立つ。

気づけば、マリクとの約束の時間が近づいている。

そこで、慌《あわ》てて自転車に飛び乗った聖人は、そのまま公園をあとにした。

2

聖アンナ門の前で自転車を降りた聖人は、自転車を押しながら期間限定で交付されている通行証を見せてヴァチカン市国内に入った。ここに通ってくる間は、自転車を「ベルヴェデーレの中庭」に置いても構わないと言われていたため、ありがたくそうさせてもらっている。

門を通過した聖人は、再び自転車にまたがり漕《こ》ぎ出そうとするが、その時、ふいに横から伸びた腕が、前触れもなく聖人の肩をポンと叩《たた》いたので、思わず「ひゃああ」とあらぬ声をあげてしまう。

門のところにいたスイス衛兵が何事かと振り返り、聖人の肩を叩いた人物が、慌てた声で「おい、おい」と言いながら正面にまわって正体を明らかにした。

「俺だよ」

「あ、斉木さん⁉」

「そう。まったく、とんでもない声をあげやがって」

言いながら、斉木はスイス衛兵のほうに「なんでもない」と言うように手を振ってみせた
「すみません。びっくりして――」

「……まあ、急に肩を叩いた俺も悪いが」

そこにいたのは、日本の大手新聞社の特派員をしている斉木真一だった。

典型的な日本人の容姿をしている彼は、中高一貫教育の私立学校に通っていた頃の先輩で、ローマに来てからは、けっこう頻繁にご飯を食べに行っている間柄だ。日本人にありがちな日和見《ひよりみ》主義的な要素はかけらもなく、昔から飄々《ひょうひょう》として大人の余裕を感じさせた彼には、留学に際し、色々と世話になっている。

聖人の場合、親戚《しんせき》がローマの権力者であれば、さまざまなことがスムーズに運んだとはいえ、イタリアにおいて異邦人であることに変わりはなく、同じ日本人である斉木と会うとホッとしたし、生活面における常識を多数指南してもらった。

ちなみに斉木と聖人は三歳違いで、私立学校時代に一緒だった期間はさほど長くはないのだが、斉木が入学したての聖人の指導役であったこともあり、卒業後も、つかず離れずの距離で付き合いが続いていた。

聖人が、疑問を投げかける。

「だけど、斉木さん、こんなところでなにをしているんですか？」

数年前からコンチリアツィオーネ通りにひっそりと存在するヴァチカンの記者クラブに出入りする許可を得ている彼は、必要に応じて市国内の立ち入り禁止区域に入ることができるため、いても決しておかしくはないのだが、まさかこんなところで会うとは思わなかった聖人は、とっさにそう口にしていた。

斉木が、答える。

「俺は、ここで、今日、ある事件に関して取材に応じてくれるという神父と待ち合わせをしているんだが、そう言うお前こそ、ローマ大学の留学生が、ヴァチカンなんかでなにをしているんだ？」

「それは――」

話せば長いことだが、聖人は一言で片付けることにする。

「ラーメ教授のお手伝いです」

「へえ。ということは、図書館で調べ物か？」

「いや、秘密記録保管所です」

言ったとたん、斉木が軽く目を見開いてヒュッと小さく口笛を吹いた。

「お前、あそこに入ったのか？」

「そうですね」

「どんな感じだ？」

「どんなって……」

首をかしげて少し考えた聖人が、思ったままに答える。

「ふつうですよ。僕たちが通っていた学校の図書館に似ています。木製のテーブルとかが良い感じに渋みがあって」

「へえ」

聖人の感想に斉木が意外そうに応じ、軽く口元を歪《ゆが》めて続ける。

「まあ、相変わらず運だけは滅法いいな、お前。聖職者でも研究者でもない人間が、世に名高きヴァチカン教皇庁の秘密記録保管所に入れるなんて、ふつうならあり得ないだろう。——まったく、どんな事情があるのか知らないが、昔から、本人が望むと望まないにかかわらず、実力に見合わない場所に放り込まれてはオロオロしてばかりいたからなあ。どうせ今回も、そんな感じなんじゃないのか？」

聞きようによってはなんともひどい言い方だが、事実だし、斉木にまったく悪気がないため、聖人は素直にうなずいて訴える。

「おっしゃる通りです。もう、僕もほとほと困ってしまって」

「それは面白そうだな」

「面白くないです！」

「俺は、面白いんだよ。――いいから、あとで、ゆっくり話を聞かせろよ」

　斉木がそう言って聖人をからかっていると――。

「セイト」

　背後から声をかけられ、聖人が振り返る。そこに、ちょっと怖い顔をしたマリクがいて、急に現実に目覚めた聖人は「あ」と声をあげ、慌てて腕時計を見おろした。斉木の登場に驚いてすっかり失念していたが、マリクと秘密記録保管所の前で約束していた時間はとっくに過ぎている。

「すみません！　遅れちゃって」

　深々と頭をさげて謝った聖人をターコイズブルーの瞳《ひとみ》で見おろしたマリクは、ややあって、小さく吐息をついてから視線を斉木に移した。これだけ素直に謝られては、嫌味の一つも言えなくなるのだろう。

「そちらは？」

「あ、えっと、僕の学生時代の先輩で――」

頭をあげた聖人が紹介するうちにも、名刺入れから名刺を取り出した斉木が自ら名乗る。

「こちらの記者クラブに所属している斉木真一です。すみません、俺が、急いでいたこいつを呼び止めたんですよ。俺は、今日、フェデリオ神父に面会する予定があって待っているんですが、その方も遅れているらしくて」

言った瞬間、聖人がグルンと首をまわして斉木を見あげる。

「え、斉木さんの取材相手って、ダビデ――じゃない、フェデリオ神父なんですか？」

うっかり心の中で呼んでいるあだ名を口にしてしまった聖人を、敏感に反応したマリクがチラッと不満そうに見やる。だが、言葉にしてはなにも言わず、斉木に向かって言った。

「ああ、貴方《あなた》が斉木さんでしたか。遅れて申し訳ありません。私が、担当のフェデリオです。マリク・フェデリオ。ただまあ、ここにいるクロス氏のことを待っていたために遅れたので、その原因がそちらにあるのであれば、『結果は原因の中にあり《エフエクトウス・コンテイネーリ・イン・カウサ》』と言えますかね。――ということで、こちらへどうぞ」

引き合いに出された聖人が、とっさに縮こまる。

そんな聖人にも、マリクは声をかけた。

「セイトも一緒に来てください。私は所用を――この斉木氏との会談を終えてから行きますので、君は先に行って、いつも通り作業を進めていてくれますか？」

うながされて歩き出しながら、聖人が意外そうに「え？」と訊《き》き返した。

「僕一人で、秘密記録保管所に入っていいんですか？」

「まさか」

当然のごとく否定し、マリクが淡々と続ける。

「心配しなくても一人ではありませんよ。私が行くまで、監視役はアルゴーニ神父にお願いしてあるので、彼の指示に従ってください」

「なるほど」

話しているうちに記録保管所の前まで来たので、マリクが突き放すように言った。

「では、のちほど」

先ほどから、マリクがいつもより若干冷淡に振る舞っているのは、聖人に対してなにか含むところがあるというよりは、斉木に対する牽制《けんせい》のように見えた。新聞記者である斉木のことをマリクは当然警戒していて、聖人を介して距離を縮められるのを避けているのだろう。

「あ、はい。じゃあ」

聖人はいちおう答えたものの、斉木がマリクとどんな話をするのか気になり、後ろ髪を引かれるように背後をちらちらと気にしながら階段をあがっていく。

それに気づき、こちらを振り返って手を振りかけた斉木が、「あ」という形に口を開いて、「聖人、前――」と指さしながら叫んだ。

それで聖人は前を向いたが、それより一瞬早く前方の扉が開いて、中から勢いよく人が出てきたため、避けきれずに正面衝突した。

「ぎゃっ！」

「うわっ！」

悲鳴が交錯し、ドサッと鞄《かばん》が落ちる音がする。

漫画かアニメのような、見事過ぎる正面衝突だった。

結局、相手のほうが聖人に気付くのがわずかに早かったのと体格がひとまわりほど大きかったせいで、振り返った勢いのままぶつかった聖人が、わずかに身を引いた相手をドアのほうに突き飛ばしつつ、その腕の中に倒れ込む形となった。

ハトが豆鉄砲を食らったような顔をして見おろしてくる相手と、驚きに目を見開いている聖人の目が合う。

そんな二人の足元には、それぞれの鞄から飛び出したものが散乱し、風に揺られて紙類がはためいていた。

「ご、ごめんなさい！」

慌てて謝った聖人が相手の腕の中から身を引くと、「いや」と応じた男が、「こっちこそ」と応じた。

「まさか、人がいるとは思わなくて、勢いよく出てきてしまったから」

三十代から四十代くらいの男は、ひげを生やし浅黒く逞《たくま》しい体つきをしている。秘密記録保管所などに用があるくらいなので、おそらく研究職なのだろうが、その手の職業に就く人間特有の、どこか浮世離れした隠遁者《いんとんしゃ》のような印象はなく、むしろ農業に従事する人たちのような質実剛健な温かさがあった。

散乱した荷物を拾うためにしゃがみ込んだ相手に合わせ、遅れてしゃがみ込みながら聖人が訊く。

「本当に大丈夫ですか？　ケガなどしていませんか？」

「それはこっちの台詞《せりふ》だな。君こそ、大丈夫か？」

そんなことを言い合ううちにも、聖人の背後で斉木の声がする。

『バカ、聖人。だから、言わんこっちゃない』

母国語になってのもの言いは乱暴だが、その実、きちんと心配している様子が伝わった。ついで、面倒見の良い先輩が近づいてくる気配がしたので、聖人はしゃがんだまま振り返り、やはり日本語で答える。

『すみません。大丈夫です。――それより、時間がもったいないので行ってください』

案の定、こっちに向かって足を踏み出しかけていた斉木が、動きを止め、軽く首をかしげて訊いた。

『本当に大丈夫か？』

『はい、大丈夫です』

『ならいいが、気を付けろ』

『はい』

二人が会話している間、マリクが斉木の後ろでじっと様子を窺《うかが》っているのがわかったが、斉木が方向転換したのを機に、二人は当初の予定通り歩き去って行った。

これ以上マリクに迷惑をかけたくなかった聖人がホッとして荷物を拾う作業に戻ろうと振り返ると、相手の男が、なぜかしゃがみこんだまま動きを止め、じっと何かに見入っている姿があった。

その表情は、驚愕《きょうがく》に彩《いろど》られている。

いったい、これ以上、なにを驚くことがあるのか。

不思議に思った聖人がなんの気なくひょいと手元を覗《のぞ》きこむと、男の目は、先ほど聖人が公園で拾った画用紙の絵に釘付けになっていた。隣のテーブルでお絵かきをしていた幼児たちが残していったと考えられる、あの絵である。

真っ白い画用紙には、子どもたちのつたないクレヨン使いで、太陽だかライオンだかわからないものが描かれている。

絵を見つめたまま、ピクリとも動かない男に対し、聖人が訝《いぶか》しげに尋ねた。

「──あの、その絵がなにか？」

だが、男は答えず、まだしばらく絵を凝視し続けた。

ややあって、ようやく顔をあげた男が、今度は、聖人の顔を穴が開くほど見つめてから口をひらいた。

「──ベナンダンティ」

だが、せっかくの言葉も、聖人にはまったく意味がわからず、ただポカンとした顔で相手を見つめ返すことしかできなかった。

3

一方。

斉木を伴い、ヴァチカン図書館から見おろすことのできる「ピーニャの中庭」に入ったマリクは、足を止めずに「それで」と淡々と尋ねた。

「斉木さん《シニョール・サイキ》。私どもに訊きたいことというのは？」

どうやら、ダビデ像に似たこの美しくも翳《かげ》りを帯びた神父には、どこかの部屋に斉木を招き入れ、落ちついて質疑応答をする気などないらしい。

あまり時間を取りたくないという相手の明確な意思表示であったが、なんだかんだ言っても、ふつうの場所よりは秘密主義が徹底しているヴァチカンの神父に約束《アポ》が取りつけられること自体、とても貴重な機会であるため、斉木は、文句を言ったりして無駄な時間を費やしたりせず、単刀直入に切り込む。

「お伺いしたいのは、現代の魔女狩りの件です」

「――魔女狩り？」

マリクが、首を軽く傾けて訊き返した。

「しかも、『現代』とおっしゃいましたね？」

「そうです」

そこで、マリクが少し考える素振りを見せる。

彼は、バレリ枢機卿《すうききょう》から、急遽《きゅうきょ》、今日の午後、ドイツとオーストリアでそれぞれ起きた猟奇殺人事件について、カトリック教会の関与を疑っていると思《おぼ》しき記者が取材に来るので、適当にあしらって帰してくれと頼まれていた。

ちなみに、マリクが教皇の顧問団の末席に名を連ねることになったのは、布教先での高い問題解決能力を買われてのことである。だが、もちろん、聖職者としてまだ年若く経験の浅い彼に大きな職権は与えられておらず、要職に就く枢機卿たちから頼まれる少々厄介といえる雑事の処理に奔走する日々を送っている。

聖人に対して名乗った「教皇庁文化財部門の渉外担当」というのも、公式に存在する役職ではなく、あくまでも彼に与えられた便宜上の肩書の一つに過ぎず、ヴァチカンに日々押し寄せる、決して重要ではないが、かといってあまり無下にもできない、無下にすると後々面倒臭そうな人間の質問に答えたりするのも、彼の役目であった。

マリクが言う。

「申し訳ありません。ご質問の趣旨がよくわからないので、もう少し詳しくご説明願えませんか？」

「いいですよ」

応じた斉木が、続ける。

「ご存知かどうかはわかりませんが、この二週間のうちに、オーストリアのグラーツとドイツのケルンで、同一犯の犯行と思われる殺人事件が起こりました」

「グラーツとケルン……」

バレリ枢機卿から話を聞いているので、当然「ご存知」ではあったが、マリクは、こちらの手の内を見せずに確認する。

「かなり離れた場所での犯行のようですが、なぜ、同一犯とわかったんですか？」

「それは、殺害方法が同じであるのと、どちらの現場にも、犯人があえて現場に残していったと考えられるものが存在するからです」

「残していったもの？」

それは初耳であったマリクが尋ねる。

「それはどういったものなのでしょうか？」

「まあ、ちょっとした置き土産のようなものです」

敵もさるもので、すぐには手の内を見せる気のないらしい相手に、マリクが言う。

「ということは、犯人は、自分の犯行であることを隠す気がないわけですね？」

それに対し、斉木は、マリクの反応を窺うように「というより」と応じた。

「むしろ、自分の犯行であることを主張している感じですね。――少なくとも、実際に現場に足を運んで調査してきた人間の感想として、犯人は、間違いなく誰かになんらかのメッセージを送っていると考えていいでしょう」

マリクが、斉木の意図を察してうなずいた。

「なるほど。――つまり、その誰かが、貴方はカトリック教会ではないかと考えていらっしゃる？」

「……まあ」

記者らしい意味深長な間を置き、斉木が続ける。

「好意的なほうの見解は、そうですよ」

「好意的なほうの見解――ですか。そうおっしゃるからには、もちろん、好意的ではない見解も、しっかりお持ちということですね？」

「もちろん。なんと言っても、被害者は、どちらの場合も拷問《ごうもん》の末に火炙《ひあぶ》りにされるという、なんとも残酷な方法で殺されていますから」

「火炙り――」

その異様さに、さすがのマリクも顔を歪め、忌《い》まわしそうに斉木を見返した。前もってバレリ枢機卿から聞いていたとはいえ、改めて耳にした犯行内容は、やはり信じがたい残酷さである。

「本当に、そんなことが？」

「――ええ」

深くうなずいてから、斉木が「そして」と主張した。

「言うまでもないこととは思いますが、『火炙り』といえば、中世の魔女狩りでローマ教会が魔女のレッテルを貼《は》られた人間に対し科した刑罰です。拷問は、その自白を引き出すためになされた」

「ええ。それは認めざるを得ませんね。誰であっても、過去は否定できませんから」

マリクの応答に、斉木がフッと口中で笑う。

「気にせずとも、今さら、その是非を問う気はありませんよ。――とはいえ、実際のところ、そのために地元の住民は、今回の事件に、裏で教会が関わっているのではないかとざわついています。カトリック教会なら、今でも、それくらいやりかねないと思っているのでしょうね。そう言う意味では、たしかに、貴方のおっしゃる通り、過去の亡霊は、いつまでもその人間に付きまとって離れないわけです。――だがまあ、これくらいは、私が今さらあれこれ教えるまでもなく、地元の教区司祭から注意喚起の情報くらいは伝わっていると思いますが」

マリクが宝石のようなターコイズブルーの瞳を細め、注意深く斉木を観察する。

マリクがとぼけて見せたところで、斉木は、ヴァチカンがすでにこの件を知っているという考えを変える気はないようだ。

どうやら、小手先のごまかしがきく相手ではないらしい。

そう結論付けたマリクが、訊いた。

「なるほど。それで、貴方は、それらの事件に対するヴァチカンの見解を聞きたいとおっしゃるわけですね？」

「ええ。直截《ちょくせつ》に言って、そういうことですよ。――だから、改めてお伺いしますが、この事件に、ヴァチカンの思惑や熱心なキリスト教徒が関与しているということは、あり得ると思いますか？」

「まさか」

マリクが、一刀両断に切り捨てる。

「あるわけがないでしょう。バカバカしい」

「本当に？」

胡散臭《うさんくさ》そうに訊き返す斉木に、マリクが「そもそも」と鋭く言った。

「万が一にも、教会に関わる誰かが現代の魔女狩りに走ったとして、そうするからにはそれなりの理由が必要ですよね」

「そうですね」

「だとしたら、逆にお伺いしますが、お気の毒な被害者の方たちには、なにか魔女と疑われても仕方ないような思想や振る舞いがあったのですか？」

「いいえ」

「でしょうね」

もちろん、そんなことは答えを聞くまでもなく、マリクのほうでは百も承知だ。

バレリ枢機卿によると、グラーツの教区司祭は、被害にあった青年の洗礼に立ち合っていて、今どきの若者らしく教会活動には不熱心ではあったが、犯罪などとは無縁なふつうの子であったと報告していた。

一方、ケルンのほうの被害者は、厳格なプロテスタントの家に育ち、自身も敬虔《けいけん》な信者であったようだが、そこに魔女的要素や悪魔信仰のような異端の臭《にお》いは一切なく、それ以外では、やはり今どきの青年という報告を受けていた。

つまり、どちらの被害者も、「魔女狩り」以前に、現代にあっても「魔女」として告発されるような要素は一つもなかったことがわかっている。

だから、バレリ枢機卿も、さほどこの件を問題にせず、マリクに対応を任せたのだ。

マリクが、はっきりと結論をくだした。

「どうやら、『魔女狩り』とか『異端』とか騒いでいるのは周辺の人たちだけで、事件の本質にそんなものは存在しないと考えていいようですね。よって、ヴァチカンがこの件に関与する余地もないということです。——私としては、仮に『魔女』などの要素があったとしても、我々には無関係と主張しますがね」

それから、腕時計を見おろし、会見の終了をうながす。

「他に質問がなければ、そろそろ——」

だが、実は、斉木にとってはここからが勝負だった。

「いいえ、まだ、ありますよ。小耳に挟んだ情報だと、この事件に関係すると思われる怪しい手紙が、教皇庁宛《あ》てに届いたということですが」

「手紙？」

それについて、マリクはなにも知らされておらず、素直に否定する。

「さあ、知りません。ただ、正直、怪しい手紙の類《たぐい》はよく届きますので、いちいち相手にはしていられない——というのが、現状でしょう」

「つまり、脅迫には屈しないし、挑発にも乗らないということですか？」

「当然です」

「なるほど」

彫像のごとき無表情さでピシャリと否定されたので、斉木は、頭を切り替え、別の方面から攻めることにする。

「それなら」

スマートフォンを操作し、ある画像を呼び出しながら切り込む。

「これに見覚えはありませんか？」

そう言って見せられたのは、四体の悪魔が描かれた赤い旗の写真だった。なんとも不気味で、忌まわしい印象がある。

画像を見ながら軽く眉《まゆ》をひそめたマリクが「――いえ」と否定した。

「少なくとも、私は見たことありませんが……」

本来、知的好奇心に満ち満ちた人間であるマリクが、神父として被《かぶ》らざるを得ないポーカーフェイスをわずかに拭《ぬぐ》い去り、興味深そうに訊き返した。

「これが、なにか？」

斉木が「これは」と教える。

「例の、二つの現場に残されていたものです」

マリクが、弾《はじ》かれたように「つまり」と言って斉木を見る。

「先ほどおっしゃっていた、犯人がわざとそれぞれの現場に残していったと考えられるもの――、言い換えると、手がかりですね？」

「ええ。結局、これが決め手になって、ケルンとグラーツ、それぞれの捜査本部では二つの事件が同一犯による犯行と断定されたんです。それで、このような図柄を使う宗派や、あるいはかつて使っていた宗教結社がなかったか、こちらで分らないかと思いましてね」

「……さて、どうでしょう」

マリクが、真剣な面持ちで写真を見つめながら答えた。

「私は専門家ではないのでお答えできませんが、この手のものなら、むしろパリ大学やローマ大学の図像学《イコノロジー》を専門とする教授に当ってみた方がいいように思いますが」

それは、この会談の中では一番真摯《しんし》な助言であったが、新聞記者の斉木は笑って応じる。

「一応、これでも調査のプロなんでね、それはもうやっています。――でも、こちらには、学者すらまだ知らない未知の図像がたくさん眠っている可能性があるので、そのあたり、詳しい方がいればと思ったんです」

「……未知の」

マリクが、思うところがあるようにつぶやく。

おそらく、斉木は、秘密記録保管所に眠る膨大な資料のことを仄《ほの》めかしているのだろう。

当然、カトリック教会は、対立する宗教や異端の研究をしていて、その資料が秘密記録保管所に眠っている。それらを調べれば、あるいは、写真にあるような図像をシンボルとして使っていた組織なり人物なりの存在がわかるかもしれないが、そのために費やす時間と労力は測り知れず、おいそれとできるものではない。

マリクが「まあ」と言いながら、自分の名刺を取り出して言った。

「その写真をこのアドレスに転送していただければ、いちおう、その手の知識に精通している者に照会をかけてみましょう」

意外な申し出に、斉木は若干ドギマギしながら、十字架の浮彫のあるマリクの名刺を受け取った。

「それは願ってもないことですが、この写真は極秘ルートから入手した、まだ警察発表されていないものなので、公《おおやけ》にならないようお願いしますよ」

念のため、断りを入れるが、おそらく言うまでもないことだろう。

本来なら、他人に見せるわけにいかないものを預ける気になったのは、曲がりなりにも、相手がヴァチカンに身を置く神父だからだ。秘密保持に関しては、これ以上、プロフェッショナルな集団は他にない。

実際、心得たもので、マリクもあっさり了承する。

「わかりました」

元より、知り得た情報を、考え無しに人にペラペラとしゃべるような慣習は、彼の中にはなかった。

写真が転送されたことを確認したマリクが、訊く。

「他に、なにかありますか？」

先ほどと同じく会見の終了をうながす言葉ではあったが、前よりも強制の意志が薄れている言い方だった。

「……そうですね」

斉木が迷うように間を置いた。彼自身、この情報を出すべきなのか、それとも時期尚早か、悩んでいるからだ。

結局、彼は開示することを選んだ。

「フェデリオ神父は、『レーブ・プロジェクト』について、なにか耳にしたことはありませんか？」

「『レーブ・プロジェクト』……ですか？」

これも初耳だったマリクが、戸惑いがちに答える。

「いえ。初めて聞きましたが、それが、なにか事件と関係があるのですか？」

「あるはずです」

断言した斉木が、「なんといっても」と目に鋭い光を浮かべて告げる。

「一見、まったく関係がなさそうな被害者二人の、唯一《ゆいいつ》の共通点ですから」

「共通点？」

マリクが、表情を動かして訊き返した。

「まさか、二人に、共通点が見つかったんですか？」

それは、本当に驚愕の事実だ。

というのも、マリクがバレリ枢機卿から聞いた話では、被害者二人に、共通点はないということだった。つまり、たとえ、この事件が同一犯の犯行であったとしても、それは、あくまでも精神に異常をきたしている犯人の妄想に基づく無差別殺人であり、そこに裏の意図はないと判断されたのだ。

だが、目の前の日本人記者は、二人の被害者に共通点があったと断言する。

「ありましたよ。――というか、ここは、根性で見つけ出したと自慢するべきなんでしょうけど」

「たしかに、お手柄ですね」

「どうも」

「警察には？」

「これから知らせます。あまり不確かな情報で警察を振り回しても申し訳ないので、ある程度、確信が持てたら知らせるつもりでした」

それは、どう考えても嘘《うそ》くさい。

きれいごとを言っているが、その実、警察に独自取材の邪魔をされたくなくて、情報提供のタイミングを計っていただけだろう。

だが、それは彼の問題であり、マリクは目の前のことに集中する。

「それで、その『レーブ・プロジェクト』というのは、なんなんですか？」

「半年前、フランスの某国立研究施設が、ヨーロッパの数か国を対象に被験者を大規模に募集して行った実験ですよ」

「実験……」

繰り返しながら考え込んだマリクが、「レーブ」とつぶやき、確認する。

「それは、夢に関する実験ですね？」

「レーブ」が、フランス語で「夢」をさす単語であることを踏まえての発言だ。

斉木が、認める。

「そうです」

「その実験に、二人とも参加していた？」

「ええ。はっきりとどこかに書きこまれていたわけではなかったのですが、スケジュールにある言葉や、被害者の友人たちからの証言、他にも動画投稿サイトやブログなどを総合的に分析して、さらに、幾つかのキーワードで検索をかけた結果、ようやく辿《たど》り着きました」

「なるほど」

マリクは、密《ひそ》かに感心した。

日本人は、個人の判断で行動するという印象はあまりないが、行動力が伴うと、他国の人間には真似《まね》できないほどの粘り強さと忍耐力で、大きな成果を上げることが多々あった。昨今、ノーベル賞受賞者が増えているのも、そんな日本人の気質の表れだろう。つまり、この日本人は、記者としてかなり優れていると思っていい。

斉木が、続けた。

「ちなみに、プロジェクト・リーダーを務めるフィリップ・パンジャマン教授は、脳生理学の権威で、特に夢に関する研究の第一人者ですが、実は、十年前に、ヴァチカンでも夢と魂について講演を行っているんです。――フェデリオ神父は、ご存知ではありませんか？」

「……ああ」

マリクが、心当たりがあるように相槌《あいづち》を打った。

「パンジャマン教授の名前は、存じ上げています。残念ながら、私は、その時期、ヴァチカンにはいませんでしたので、講演を拝聴する機会には恵まれませんでしたが、会報に掲載されたレポートは読みました。それによると、古来、夢は人の魂が抜けだして見るというように考えられがちでしたが、教授は、夢も、他の生理現象と同じで、脳が制御している神経活動の一つに過ぎないと主張しておられました。その上で、遠くないいつか、人が見る夢をコンピューター上に再構築することも可能になるだろうと予測されていましたが——」

「まさに」

斉木が、ぱちんと指を鳴らして言った。

「その通りで、パンジャマン教授が、ここ十年くらいの医療器具や脳波測定装置の性能の飛躍的向上を受け、人の夢の再構築に挑戦したのが、『レーブ・プロジェクト』なんですよ」

「人の夢の再構築か——。なるほど、それは、たしかに、画期的な実験と言えそうですね」

興味ぶかそうに応じたマリクが、「ただ」と訊く。

「何度も言うようですが、それが、ヴァチカンとどう関係するというのでしょう。だいたい、被害者二人にそんな明白な共通点があるのだとしたら、私たちに取材を申し込む前に、その実験を行ったプロジェクト・チームを取材した方がいいのではありませんか？」

もっともな言い分に、斉木も「そうなんですが」と認める。

「すでにパンジャマン教授には面会していて——とはいっても、アメリカで行われる国際会議に出席するために空港へ向かおうとしていた教授の車に強引に同乗して短い取材ができただけなんですが、少なくとも、彼は、二人の死に本気で衝撃を受けていましたよ。なぜかと言うと、『レーブ・プロジェクト』の実験結果を踏まえ、殺害された二人からは、今年度、新たに大々的に予算を組んだ『レーブ・プロジェクトⅡ』という実験に参加してもらうための承諾書を得ていたそうですから」

「新たな実験ですか？」

「そうです。つまり、パンジャマン教授は、今、二人に死なれてしまうと甚大《じんだい》な損害を被《こうむ》ることになるわけです」

斉木の説明を受け、マリクが「なるほど」と考え込む。

「ということは、パンジャマン教授を始めとするプロジェクト・チームのメンバーや関係者には、彼らを殺害する動機がないということですね？」

「ええ」

「逆に言えば、新たに行われる実験を快く思わない人物がいれば、それが犯人である可能性が高い」

「そういうことです」

斉木が認め、マリクが「それなら」と続ける。

「どんな動機があるにせよ、犯人は、その『レーブ・プロジェクト』の詳細を知り得た人物に絞られるのではありませんか？」

要点をつかむのが早いマリクに感心しつつ、斉木が言う。

「たしかにそうなんですが、当然、最先端の科学実験であれば、それ相応の科学雑誌に論文が発表されるまでは、そうそう、外部に詳細がもれることはありません。実験内容はともかく、実験結果と、そのデータ分析から導き出される結論は、ごく一部の人間しか知り得ないわけです。それこそ、プロジェクト・チームのメンバーでも、詳細を知らされるのはほんのわずかだといいます」

「まあ、そうでしょうね」

「それで、パンジャマン教授がおっしゃるには、実験結果をまとめたレポートを外部に出したことはないけれど、例外として一か所だけ、専門家の意見を聞くためにレポートのコピーを送った機関があるそうなんですが」

「どこですか？」

興味を示したマリクに、斉木が一拍置いて教える。

「――ヴァチカン教皇庁の科学アカデミーです」

「科学アカデミー？」

マリクが、意外そうに斉木を見つめた。

もちろん、聖人にも説明したように、ヴァチカンの誇る教皇庁科学アカデミーは、世界でも最高峰の専門機関として名を馳《は》せている。しかも、営利目的ではなく、神学との均衡を取るために純粋に科学知識を追究する機関として存在するため、パンジャマン教授のように、発表前の重要な研究内容を事前に知らせ、その意見を求める研究者も少なくないのだ。

だが、もしそれが本当なら、マリクの耳に入っていないのは変である。

というのも、彼にこの事件の情報を与えたバレリ枢機卿は、内務長官と兼任で科学アカデミーの顧問をしているからだ。

当然、レポートが送られていれば、バレリ枢機卿の知るところとなったはずだ。

マリクが、疑わしげに訊き返す。

「本当に、うちの科学アカデミーにレポートを送付したのでしょうか？」

「はい。本人の口からそう聞きましたから間違いないはずです。そんなことで嘘をついても、パンジャマン教授には何の利益もないでしょうし」

「まあ、そうでしょうが」

渋々認めたマリクに対し、斉木が「つまり」と切り込んだ。

「ヴァチカン側の誰が受け取ったかはわかりませんが、その誰かは、今回の被害者について知り得る立場にあったわけです。そして、そうなってくると、振り出しに戻るようですが、本当に、今回の事件にヴァチカンが関与していないと言い切れるのか――ということなんですが」

だが、簡単には譲歩する気の無いマリクが、反論する。

「たしかに、疑わしい点はあるかもしれませんが、でも、まだ一つ、重要な点が抜けていますね」

「なんです？」

「いったいなぜ、その二人を殺害する必要があったか、です。言い換えると、被験者が大勢いる中で、なぜ、彼ら二人でなければならなかったのか。もし、ヴァチカンや教会に属する人間が関与していたとして、どうして、命を奪う必要に迫られたのか、その理由が、はっきりしていません」

「ああ、そうでしたね」

認めた斉木が続ける。

「それについては、私も当然気になっていたので、パンジャマン教授に尋ねましたよ」

「それで、教授は、教えてくれましたか？」

「もちろん。——聞いて、私も驚いたんですが」

そこでわずかに間を置いてもったいぶり、斉木は新奇な事実を伝えた。

「殺害された二人は、オーストリアとドイツという離れた場所にいながら、どういうわけか、同日の同時刻に、まったく同じ夢を見ていたそうです」

4

夕暮れ時。

観光客の姿がまばらになり始めたサン・ピエトロ広場に、大聖堂の鐘が鳴り響く。

神聖なこの場所を訪れた多くの者たちは、壮大な建築物や美術品に心を打たれ、敬虔な気持ちになって帰っていくが、サンタンジェロ城の前を通り過ぎ、ローマの中心部に向かう頃には、もう誘惑に満ちた雑多な日常へと舞い戻っている。

そうならないのは、真に神に身を捧《ささ》げ、朝な夕なに礼拝をおこなう聖職者くらいのものだろう。

いや、聖職者だからといって、必ずしも清貧な日々を送っているとは限らない。

今、オレンジ色の輝きの中でものの影が長く延びる回廊を、緋色《ひいろ》の縁取りのある神父服に身を包んだバレリ枢機卿が足早に歩いていたが、彼は、これから郊外にある城で開かれる晩餐会《ばんさんかい》に出席するため、先を急いでいた。行った先で彼を待っているのは、厳粛さこそ多少は残っているものの、修道者の基本たる清貧からは程遠い、絢爛《けんらん》豪華で贅沢《ぜいたく》な食卓だ。

コンチリアツィオーネ通りに停まっている送迎車のところまで向かう道々、枢機卿はスマートフォンを駆使して幾つか用件を済ませていたが、途中で鳴り出した電話の相手を見て、ひとまず電話に出た。

「やあ、マリク」

電話の相手は年若き神父で、枢機卿は陽気に続ける。

「それで、記者のほうはどうだった？」

それに対し、マリクの返答が芳《かんば》しくなかったようで、「へえ」と相槌を打ってつまらなそうに応じる。

「それはまた、ややこしいことになったものだね。でもまあ、君がそう言うなら、そうなんだろう。相手が、こちらが思った以上にやり手だったということだ。――サイキだっけ。記者クラブに名前があるのは知っていたけど、あまり熱心なほうではないと思っていたから、少々実力を見くびっていたかもしれない。しょっちゅう、ヨーロッパを飛びまわっていて、あまり記者クラブに顔を出さないと聞いていたしね。まあ、あの国の事情を考えれば――って、え？」

滑らかなイタリア語で話していた枢機卿が、相手が会話の合間に挟んできた情報に驚き、立ちどまって確認する。

「セイトの知り合い？　――本当に、セイトの知り合いなのか？　――へえ、学校の先輩ねえ。それは知らなかったよ」

情報を吟味するように考え込んだ枢機卿が、ややあって「まあ、いいや」と言って歩き出す。

「それで、肝心の事件についてだけど、なにか聞き出せた？」

そこで、しばらく相手の話に聞き入っていたバレリ枢機卿が、「ふうん」と再び意外そうな声をあげた。

「いや、それは、私も聞いてなかった。――そう。最近は忙しくて、そっちにはあまり顔を出していなかったからね。でも、そうか、そう言うことなら、私のほうから問い合わせておくよ」

言ってから、少々げんなりしたように続ける。

「まったく、聖下にお願いして、君の権限を少し上げてもらう必要がありそうだな。そうすれば、こういう時にいちいち私が手配しなくて済む。――え、必要ないって、私がその必要を感じているから言っているのであって、君の都合なんて、この際、どうでもいいよ」

薄情なことを言って、枢機卿は腕時計を見る。

「そう。これから、ローマ市長を含めた平信徒たちとの会合があって、そうだな、夜なら時間が取れるから、夜の祈りのあとで私の家に来てくれるか？ ――そうだね、その時に、もう少し詳しい話を聞かせてくれ。うん、よろしく」

そこで、電話を切ったバレリ枢機卿が、通りに停まっている迎えの車を見つけ、そっちに向かって方向転換した時だ。

「失礼。バレリ枢機卿でいらっしゃいますね？」

横合いから声をかけられ、振り向いた。

そこに、上背のあるがっちりした男が立っていた。ひげを生やしているが決して怪しい様子はなく、むしろ質実剛健な温かみを感じさせる男である。

背後についていた警護の者が寄ってこようとしたのを人差し指一つで押し留めたバレリ枢機卿が、男を観察しながら訊《き》き返した。

「そうですけど、貴方は？」

「私は、ウーディネ地方でブドウ農園を営んでいるトフォロ・ガスパルッドと言います」

「ガスパルッドさん。そうですか、初めまして。――で、私になにかご用ですか？」

バレリ枢機卿は飄々《ひょうひょう》としていながらそれなりのオーラを放つ人物であるため、たいていの人間は、前に出ると気圧《けお》されてしまうのだが、ガスパルッドは、さして緊張した様子もなく言う。

「実は、私、農園をやるかたわら郷土史家をしておりまして、本も出版したことがあるのですが」

「それは素晴らしいですね。今度、ぜひ、拝読させてください」

当然、社交辞令であったが、ガスパルッドは真面目《まじめ》にうなずいた。

「今度、お送りしますよ。――でも、今は、そのことが言いたかったわけではなく、郷土史家として、こちらの秘密記録保管所に資料閲覧の申請を出していたのですが、中々申請が通らず、随分と年月が経《た》ってから、ようやく閲覧許可が出て、今日、ずっと調べたかった書簡にアクセスすることができました」

「なるほど」

いったい、この男は、枢機卿を呼び止めてまで、何を言いたいのか。

時間がないのに相手の意図することがわからず、若干イライラし始めたバレリ枢機卿だったが、ガスパルッドの次の言葉で、俄然《がぜん》興味を引かれる。

「私が調べたかったのは、十六世紀にアクイレイアで行われた異端審問の記録です」

「アクイレイアの異端審問――?」

「はい」

うなずいたガスパルッドが、続ける。

「その審問では、当時、あのあたり一帯に存在したある特殊な異端の集団を浮き彫りにするために、その集団の一味として訴えられた男に、仲間の名前を言えば、彼の罪を軽くしてやるという取引を持ちかけています」

「それは、まあ、ありがちな話ですね」

仲間を売るよう仕向けるその手の取引については、当時に限らず、今も、より大きな獲物を捕まえるために、さまざまな場面で行われている。

ガスパルッドが、続けた。

「その男は、最初、仲間の名前を言うと己の命が危ないと拒んでいましたが、最後には数人の名前と、それまで明かされたことのなかった首領の名前を告げています。首領の名前が明かされた例は、その審問が唯一無二のものであるため、のちのちまで語り継がれることになるわけですが、私は、ついに、その審問の記録を探しあて、この目で見ることができたんです。——そして、当然、その異端の集団を統率していた人間の名前もわかりました」

「——いや、でも、ガスパルッドさん」

相手の熱弁を遮るように、バレリ枢機卿が話に割り込んだ。

そんな彼らのすぐ脇《わき》を、黒いマントを頭からかぶった修道僧らしき男が通り過ぎていく。その男は、柱の間に忍び入る夕闇《ゆうやみ》の中へと溶けるように消え去ったが、消え去る一瞬、鋭い灰色の瞳《ひとみ》を二人のほうに向けた。

だが、会話に気を取られていたバレリ枢機卿は、男の視線に気づかずに主張する。

「正直、そんな何百年も昔の記録を調べたからと言って、いったい、どんな意味があるというんです。――もちろん、郷土史家としての仕事には、いささかなりとも有益な情報なのでしょうが、ここで私にそんな話をされても」

「いやいや、バレリ枢機卿、惚《とぼ》けても無駄ですよ」

今度は、ガスパルッドのほうがバレリ枢機卿の言い分を遮って、告白する。

「実は、私も見るんです。同じ夢を。小さい頃から何度も何度も。旗が翻《ひるがえ》るのも見ました。真っ白で黄金のライオンが縫い取られた、それは美しい旗です。それが、きっかけで、夢について調べるようになり、そこで、出会ったんですよ」

「出会った?」

繰り返したバレリ枢機卿が、思わず訊き返す。

「なにに……ですか?」

「もちろん、ベナンダンティです」

言うなり、ズッと一歩近づいてバレリ枢機卿の腕に手をかけたガスパルッドが、耳元で力強く続けた。

「これで、何故《なぜ》、私が訪ねてきたかがおわかりになったでしょう。――私たちは、仲間です、枢機卿。ヨセファの野に集うべく選ばれし仲間。――だが、その仲間に、今、とてつもない危機が迫っているのを、貴方《あなた》はご存知ですか？」

5

スペイン広場の近くの風情《ふぜい》ある小路にテーブルを並べる居酒屋《オステリア》で、聖人は、名物のピッツァを口に入れようとしていた手を止めて訊き返した。

「――同じ夢、ですか？」

春の宵。

人で賑《にぎ》わうテーブルの間を、心地よい風が吹き抜けていく。

向かいに座る斉木が、ビールのグラスを傾けながら「そう」と答える。

「同じ夢だ」

イタリアだろうが、フランスだろうが、最初の一杯はビールと決めている斉木は、オリーブオイルであげた魚のフライをポイッと口に放り込み、再びビールを飲む。飲みながら、目の前でぶつぶつと何かつぶやいている後輩を面白そうに眺めやった。

斉木にとって、聖人は弟のような存在だ。

結構生意気な口をきくし、調子のいいところもあって、時々本気で殴りたくなることもあったが、それでも、近くにいたらなんとなく目が離せず、つい何くれとなく面倒をみてしまう。

基本、一匹狼《いっぴきおおかみ》である斉木にとって、それは稀有《けう》な存在と言えるだろう。

聖人という人間は、決して頭は悪くないはずだが、明らかに少々飽きっぽいところがあって、人の話を最後まで聞いていないことがある。それで、頓珍漢《とんちんかん》なことを言ったりするのだが、その実、驚くほど穿《うが》った見方をする視野の広さを持っていた。

だから、斉木は、取材中の案件で頭を整理したい時などによく彼を呼び出して、あれこれ話をするのだが、ふわふわしている割に口が堅いのもこの後輩の特徴で、そう言う意味では、信頼に足る人物といえよう。

ただ、聖人をよく知る学友たちの間では、口が堅いというよりは、相手の話に興味がなく、単に聞き流しているせいだという説もある。

そのあたり、よくわからない結構ミステリアスな性格をしているのだが、なんといっても、家柄の良さがそのまま品の良さに繋《つな》がっていて、一緒にいて心地よい相手であるのは間違いない。

それに、斉木の性格上、何気なくした話をすべて覚えていられるよりかは、適当に聞き流されるほうが、むしろ気安くていい。それくらいの距離感が、鬱陶《うっとう》しさを覚えずに済む。

そう言う意味で、薄情なのは、むしろ斉木自身なのかもしれない。

今宵も、昼に偶然ヴァチカンで会った聖人を夕方になって電話で呼び出し、久しぶりにご飯を一緒に食べながら、最近、斉木が関わっている事件について話しているところだった。

ちなみに、こういうプライベートな時間は、互いに申し合わせたわけでもないのに、どちらからともなく日本語で会話する。特に、取材中の事件の話など、人に聞かれたくない会話をする時には、異国での母国語はうってつけであった。

斉木がもう一度言う。

「二人の被害者は、同日同時刻に離れた場所で、まったく同じ夢を見ていた」

「同じ夢ねえ」

手にしたピッツァの欠片《かけら》を食べる間、なにか考えていた聖人が、「あれ、でも」と根本的なことを訊き返す。

「そもそものこととして、その人たちが同じ夢を見ていたって、どうしてわかったんでしょう？」

聖人の疑問は、もっともだ。

夢とは、元来、見ている当人にとってすらあやふやなもので、まして、第三者には絶対に知られることがないものである。たとえ、見た本人が言葉で説明したとしても、詳細までは語れず、両者が見た夢が本当に同じものかどうかは、誰にも判断できないはずだ。

それなのに、二人が同じ夢を見ていたなどと、第三者がどうしてわかるのか。

「だから」

斉木が、説明する。

「そういう実験に参加していたんだよ」

「実験？」

聖人が、半信半疑で訊き返す。

「どんな実験ですか？」

「夢を視覚化するための実験――とでも言えばいいのか」

「夢を視覚化――？」

サラダを口にした聖人が驚いた顔のまま咀嚼《そしやく》し、飲み下してから訊き返す。

「そんなこと、できるんですか？」

「できるから、実験に踏み切ったんだろう」

応じた斉木が、「いいか」と説明する。

「ここ十年くらいで、電磁波を利用した医療器具や測定器の開発が飛躍的に進んだだろう?」

「電磁波を利用したって、ＭＲＩとかＰＥＴとかですか?」

健康診断などでよく耳にする医療機器の名前を出すと、斉木が「それもそうだし」と認める。

「他にも色々あるが、そんな中、特に目覚ましい進歩を遂げたものの一つに脳波の測定技術があげられる。そのおかげで、現在、脳内の活動マップは完成に近づいていると考えていい」

「脳内の活動マップ?」

「脳」と「地図」という単語が繋がらなかった聖人が訊き返すと、斉木が嚙《か》み砕いて教えてくれる。

「脳のどの領域が身体《からだ》のどの部分を司《つかさど》っているかってことだ」

「ああ、そうか。――てっきり、人の形をした小さな記号が、脳の中をてくてくと歩いているのかと思いましたよ」

訳の分からないことを言った聖人が次のピッツァに手を伸ばすのを見て、斉木は、彼が若干話に飽きつつあるのだろうと見て取るが、気にせず、「で」と先を続ける。

「そうなってくると、人はさらなる飛躍を目指すもので、当然、次は、どんな刺激が人間の生命活動にどういう形で影響を及ぼすかという点に焦点が絞られてくる。その延長線上にBMIがあるのは、わかるか？」

「BMI？」

当然わからなかった聖人が、適当に返す。

「車の子会社か何かですか？」

「『Brain Machine Interface』の略だ。脳と機械を繋ぐことで神経細胞の働きを測定するわけだが、この技術を応用することで、事故や病気で人が失ってしまった感覚を、コンピューターを介して再生することができるようになると期待されている。——いや、すでに、様々な分野で活用され始めている」

「へえ」

そこで、再び話に興味を抱き始めた聖人が、訊き返す。

「もしかして、その開発が進めば、身体が麻痺《まひ》したり目が見えなくなった人でも、脳から直接情報を得て、意思伝達ができるようになったりします？」

「その通り」

うなずいた斉木が、「さらに」と付け足す。

「ロボットと組み合わせれば、脳から出した指令を、パソコンを介してロボットに伝えることで、失われた器官の代わりに動かすことだって可能になる」

「それはすごい！」

感動した聖人が、喜ぶ。

「いいことだらけじゃないですか」

「まあな。技術の向上にはマイナス面も多く含まれるが、それでも、人の役に立つというのが基本にあれば、それで救われる人生はたくさんあるだろう」

新聞記者らしい感想を述べたあとで、「だが」と斉木は言った。

「今、俺が話したいのは、そういうことではなく、脳波の測定技術が飛躍的に進んだ結果、これまで研究者が二の足を踏んでいた夢の研究にも、大きな進展がみられるようになったということだ」

「夢の研究、か」

聖人が、若干違和感がある様子でつぶやいた。

「正直、夢なんて、夢占いをする以外に研究する意味があるんですかね？」

「無いと思うのか？」

「はい」

少なくとも、聖人はそうだ。

だが、斉木が別の可能性を示唆《しさ》する。

「そうは言っても、夢だって、制御できるようになれば、精神疾患の治療に役立てるなど、可能性はいくらでもあると思うぞ」

「そうですかねえ」

まだ疑わしそうに応じた聖人が、「ちなみに」と訊く。

「夢の視覚化って、よくわからないのですけど、夢を録画したってことですか？」

「いや。録画という表現は微妙に違う気がする」

ビールからワインに切り替えた斉木が、手酌しながら続ける。

「俺なら『夢を再構築した』と表現するが、要は、夢を見ている時の脳に電極をつけて脳波を測定し、そのデータを解析することで、見ていた夢の映像をパソコン上に再現しようという試みだ」

「ふうん」

理解するのに苦労しているらしい聖人がどっちつかずの相槌を打つが、斉木はいつものこととして気にせず、「興味深いことに」と続けた。

「実験を統括したパンジャマン教授が言うには、そうした脳波測定の結果、以前、夢は外部刺激に影響を受けるものと考えられていたのが、実は、むしろ完全に内的世界に依存しているということが判明したらしい」

「内的世界に依存？」

「そう。というのも、夢を見ている時の人間の脳波を調べると、嗅覚《きゅうかく》や味覚、触覚にかかわる領域はほとんど活動を停止していて、感覚がない。――いわゆる『麻痺状態』だな。代わりに、夢を形成するすべての感覚は、脳幹から放出される電気刺激をもとに自ら作り出しているということがわかってきたんだ」

「つまり、夢は、脳の中だけで作られるということですか？」

「そういうことだ。——だから、たまに身体が麻痺したまま夢から覚めてしまうと、日本で言うところの『金縛り』や欧米なんかによくある『エイリアン・アブダクション症候群』などが引き起こされるのだろう」

「その『エイリアン・なんとか症候群』って、宇宙人に誘拐されたと思い込むやつですか？」

「そう」

徐々に理解し始めたらしい聖人に、斉木が「これは、余談だが」と少し脱線した話をする。

「どうやら、そういう風に夢が怖いものへと陥りやすいのは、夢を見ている間、脳の中の情動を司る扁桃体《へんとうたい》と前帯状皮質という領域が活発に活動しているため、強く感情に訴え、恐怖を誘うからであるらしい。それと同時に、夢の形成に関わる脳幹が脳の最も古い部分にあたり、その神経節はノルアドレナリンという、人に警戒態勢を取らせる物質を放出するので、それが怖い夢を誘発している可能性は十分あるだろう。——まあ、麻痺などという無防備な状態に身体をさらしておくからには、動物である以上、警戒態勢を取らせるシステムが作動してもおかしくないわけで、むしろ自然といえる」

「そうですね」

「逆に言うと、なぜ、そうまでして夢を見させなければならないのかということなんだが、考えられる可能性の一つに、ニューラル・ネットワークである脳は、情報過多で飽和状態にならないよう、時おり学習を停止して記憶を整理し直す必要があるということがあげられる。その際、ランダムな情報を辻褄《つじつま》が合うように繋ぎ合わせる作業が、夢ってことだ」

「それなら、夢は、人間の生命活動に必要なものということですか？」

「そうだな。――ま、その辺は、まだあくまでも推論の段階のようだが」

「ふうん。……記憶の整理ねえ」

そこで、ちょっと納得がいかないように唇をとがらせた聖人が、「でも」と反論する。

「夢が記憶を整理し直すためだけにあるのだとしたら、僕が時々見る、あのどこか知らない場所の夢は、いったいどこから来ているんでしょう。――もしかして、単に覚えていないだけで、僕はあそこに行ったことがあるってことですか？」

それに対し、「そういえば」と斉木が、思い出したように訊いた。

「お前、時々、知らない場所にいる夢を見るって言っていたな。旗を立てる、立てないが、目覚めた日の御神籤《おみくじ》代わりになるとかって、おかしな夢。――もしかして、いまだに、その夢を見るのか？」

「見ます。むしろ、ローマに来てからのほうが、しょっちゅう見ている気がします」

「へえ」

首をかしげた斉木が、続ける。

「もしかして、環境が変わったせいか？」

「わかりませんけど、昨日も見ました。しかも、けっこう不気味なやつ」

「……まあ、俺も専門家ではないから、そのあたりのことはよくわからないが」

この時、もし、もう少し詳しく夢の内容を聞いていたら、ひどく驚くことになったであろうが、まさか後輩が、殺人現場に残されていた例の赤い旗を夢で見ていたとは露ほども思っていない斉木は、ワイングラスに手を伸ばしながら言った。

「パンジャマン教授の著作をざっと読んだ限りでは、夢を見ている時に、どの部位が活性化しているかまではわかったものの、夢を引き起こす脳幹からの電気刺激が、どうして引き起こされ、どんな情報を送り出しているのかは、これからの研究にかかっているらしく、まだなにもわかっていないということだった。実際、パンジャマン教授の研究チームによって、それを解明していくための実験が行われる予定だったらしいが、被験者が亡《な》くなったいま、どうなることやら……だな。――ただ、俺は、夢を引き起こすきっかけの一つとして、なにか外部からの力が働いている可能性がないわけではないと思っている。その場合、五感を通さない、ある種、テレパシーのような話になってしまうが」

「テレパシー？」

論理的な斉木の口から出る言葉とは思えなかった聖人が意外そうに繰り返すと、「いや、だからさ」と言い訳するように、斉木が付け足した。

「いわば、未知の分野ってことだよ」

言ってから、「だが、そうそう、そんなことはどうでもよく」と照れくささを誤魔化すように当初の話題に引き戻した。すっかり話が逸《そ》れていたが、もともと、彼らは斉木が追っている連続猟奇殺人事件について話していたのだ。

「殺人事件についてだが」

「そうでしたね。その同じ夢を見ていた人たちが、本当に殺されたんですか？」

「そう」

「どうして？」

単純素朴な質問に、斉木が苦笑いで答えた。

「それがわかれば、事件は解決したのも同然だろう？」

「ああ、たしかに」

うなずいた聖人が、「同じ夢を見た人が殺される理由かあ」とつぶやいた。

それから、サラダとピッツァを食べるために黙っていたあと、なにかを思い出したように「そういえば」と言いながら、鞄《かばん》をごそごそと探り出す。

「夢と言えば、さっき、レポートをやろうとして気づいたんですけど、今日、秘密記録保管所の前で人とぶつかった時、間違って、相手の人の荷物が紛れ込んでしまったみたいで」

その場面を見ていた斉木が、「ああ、あの時の」と応じる。

「まったく、いくつになってもふわふわしているな」

「すみません」

「俺に謝られてもね。——で、その荷物が、なんだって？」

「それが、この本なんですが……」

ようやく目当てのものを見つけた聖人が、鞄から古い本を引っぱり出して続ける。

「見てください、これ。タイトルが『夢の王国を求めて』となっているので、てっきり夢について書かれているのだと思ってパラパラと見てみたら、全然そうではなく——」

「『夢の王国を求めて』だって？」

説明の途中で遮るように言った斉木が、眉《まゆ》をひそめ、考え込みながらスマートフォンを手に取った。

「それって、パンジャマン教授に話を聞きにいった際に、出た名前だ」

「そうなんですか？」

「ああ。別れ際《ぎわ》に教えてくれたんだが、なんでも、教授の実験に興味を示した人間の中に、北イタリアに住む郷土史家がいて、十六世紀にその地方で盛んになったという異端信仰についての研究書を上梓《じょうし》していると話していたそうだ。――で、その研究書のタイトルが」

　話すうちにも、スマートフォンに記録してある取材メモを見つけたらしく、「あった、ほら、これだ」と声をあげて続ける。

「やっぱり『夢の王国を求めて』だよ。俺も話を聞いてすぐに探したんだが、上梓したといっても自費出版だったらしく、新刊はおろか、古本ですら見つけられなかった。それが、まさか、こんな近くに持っている人間がいたとは――」

　聖人の手から本を受け取り、パラパラとめくりながら言う。

「やっぱり、お前、運だけは滅法いいいな」

「そうですか？」

だが、この本が手元に来たところで、聖人自身は何の利益もない。むしろ、いいようにこき使われているようで、気分はすっかり伝書鳩《でんしょばと》である。

目の前で本を読み始めた斉木を見ながら、聖人がぼんやりと口にする。

「……ベナンダンティ」

　だが、本に気を取られていた斉木はよく聞き取れなかったらしく、顔をあげずに訊き返した。

「——あ？　なにか言ったか？」

「いえ」

　一度は否定するが、このまま放っておかれるのもつまらなかったので、「やっぱり」と言い直す。

「言いました」

「なんだよ」

「『ベナンダンティ』って——」

　さっきよりはっきりとその単語を口にすると、「——ベナンダンティ？」と繰り返した斉木がパッと顔をあげ、表情を険しくして詰問《きつもん》する。

「お前、今、『ベナンダンティ』って言ったな？」

「言いましたけど」

「なぜ？　——いや、どこでその言葉を聞いたんだ？」

　だが、なんの気なく言っただけの聖人は、斉木の迫力に気圧され「えっとですね」としどろもどろに答える。

「聞いたのは、その本を落とした男の人が、僕の顔を見て——正確には、僕が拾った幼児の描いた絵を見て、そう言ったんです」

「幼児の描いた絵？」

それがあまりにこの場に不釣り合いな言葉で、斉木が首を傾《かし》げて問い返す。

「なんだ、そりゃ？」

そこで、聖人はもう一度鞄の中に手を突っ込み、ノートの間に挟んであった画用紙を引っぱり出す。

「これですよ」

受けとった斉木が、眉間《みけん》のしわを深くして訝《いぶか》る。

「――これを見て、『ベナンダンティ』って言ったのか？」

「たぶん」

「この、なんの変哲もないほのぼのとした絵を見て？」

「そうですね」

「『ベナンダンティ』って？」

「はい」

斉木がとんでもない難問にぶつかったかのような顔で考え込んだ。

「……なんで、これが。――まあ、見ようによっては、シュールと言えなくもないが、やっぱりただのお絵かきだ」

珍しくブツブツとつぶやいていた斉木が、ややあって顔をあげて訊く。

「それで、その男は、そのあとどうしたんだ？」

「どうもこうも、それっきり、急いで落ちたものを拾い集めると、乱暴に僕に渡して去って行きました。——きっと、だから、この本が紛れ込んだんだと」

「——あるいは、わざと紛れ込ませたか」

新聞記者らしい穿った見方をする斉木を見て、今度は聖人が質問する。

「もしかして、斉木さんは、その『ベナンダンティ』とかいうものについて、なにかご存知なんですか？」

「まあね」

知っているというよりは、ここ数日で詳しくなったと言うべきだろう。

斉木が、最初にその言葉を聞いたのは、ケルンの事件現場である。浮浪者が叫んだ言葉は、ベナンダンティとは微妙に違っていたが、語感から判断して、おそらく同じ言葉とみていい。

それで、色々と調べた結果、ベナンダンティについて、少しだけわかったことがあった。

それを、斉木が説明する。

「ベナンダンティというのは、一般に、十六世紀から十七世紀にかけて、ヴェネチア周辺に現われた悪魔信仰者の集団のことだと考えられている」

「悪魔信仰者？」

繰り返した聖人が、「それは」と続けた。

「なんか、おどろおどろしいですね」

「そうなんだが、局地的に存在しただけであったらしく、その組織形態や信仰については謎《なぞ》の部分が多い」

「へえ」

「ただ、どうやら、夢に関する信仰があったらしく――、ああ、この本の著者も、ベナンダンティの研究者だったようだな」

話しながら内容を目で追っていた斉木が、途中でそっちに焦点を移して続けた。

「ここに少し記述がある。それによると、彼らは――」

そこで、ふいに斉木が言葉を止めたので、聖人が首をかしげて斉木を見つめる。

「斉木さん、どうしました？」

「――いや」

自分の目にしたものが信じられないのか、しばらく本を睨《にら》んでいた斉木が、ややあって告げる。

「驚いたな」

「なにがです？」

「いいか。この本によると、一般に悪魔信仰を掲げる異端の組織と考えられているベナンダンティは、同じ夢を見ることができ、その夢の中で魔術を行うらしい」

「同じ夢？」

斉木と聖人が、顔を見合せた。

聖人が、もう一度聞く。

「本当に、ベナンダンティは同じ夢を見ることができると書いてあるんですか？」

「ああ、書いてある」

そこで、もう一度顔を見合せてから、聖人が「ということは」と確認する。

「今回、殺された人たちは、その『ベナンダンティ』とかいう悪魔信仰者集団の生き残りってことですか？」

「まさか」

一度は斉木もその可能性を考えたが、常識的にあり得ないと判断して否定した。

「さすがに、それはないだろう。——なにせ、ベナンダンティについての記録があるのは四百年も前のことで、その後、その存在は完全に歴史上から消えている。——だいたい、当時だって事実が語られていたかどうかはわからないわけで、同じ時期にヨーロッパのあちこちに存在したとされる魔女たちが、箒《ほうき》にまたがってサバトに行ったという話だって、実際は、ヒヨスなど幻覚作用のある薬物を使用した結果、脳が見せた幻影と考えられているくらいだからな。これも、そうであった可能性は高いだろう」

「でも」

聖人が、静かに反論する。

「昔の話はともかく、今回殺された二人は、同じ夢を見ていたことが科学的に証明されたようなものなんですよね？」

「――まあ、そうだ」

「だとしたら、昔だって事実だったかもしれないし、仮にそうでなくても、同じ夢を見ている人間がいることを知った誰かが、彼らのことを夢で魔術を行う異端者の生き残りだと信じ込んで、その力を怖《おそ》れて殺した可能性はなきにしもあらずなんじゃ――」

「たしかに」

斉木が、認める。

聖人の指摘は、的を射ていた。

昔からそうだが、聖人は、下手に理屈で判断しない分、誰よりも早く真実に辿《たど》りつく傾向にある。

「お前の言う通りかもしれない」

聖人が、すかさず訊いた。

「それなら、他にも、同日同時刻に同じ夢を見た人がいるんですかね？」

だとしたら、その人も殺される可能性があるが、斉木がそこは否定する。

「いや。パンジャマン教授の話では、幸いなことに、実験で同日同時刻に同じ夢を見たのは、その二人だけだったそうだ」

「へえ。それなら、犯人は目的を遂行したことになるから、これ以上、被害者は出ないと考えていいのか」

楽観的な予測をした聖人に対し、斉木は難しそうな顔をして異を唱えた。

「それはどうかな。そうあってほしいとは思うが、こんなことをしでかす犯人は、すでに精神的に破綻《はたん》を来たしていると見ていい。つまり、理論的には、これ以上人を殺す必要がないにもかかわらず、なんらかの理由をつけて、犯行を続ける可能性は大いにあるだろう」

「なんで」

聖人が、まるで斉木が悪いように文句を言った。

「それじゃあ、殺人を犯したいがために、あとから理由を付けているようなものじゃないですか」

「まさに、その通りで、連続殺人犯というのは、たいていそういうものなんだ。殺人衝動が抑えられない人間にとって、きっかけこそ明確にあっても、理由や動機付けは自分話しながら、斉木の中で疑念が深まっていった。

聖人の推測通りだとして、犯人は、二人が同じ夢を見ていたという実験結果を知り得る立場にいて、なおかつ、「ベナンダンティ」などという、一般にはあまり知られていない十六世紀に存在した集団について詳しい人間である必要があった。

そして、その両方が、ヴァチカンには揃《そろ》っている。

かつて、自分たちが抹殺したはずの相手が、まだ生き残っていたことが現代の科学で証明されたため、今度こそ、確実に抹殺するために動いた——ということは、あり得ないだろうか？

もちろん、それがヴァチカン全体の意志であるとは、まったくもって思わない。

ただ、そう信じ込み、行き過ぎた行動に走ってしまうような歪《ゆが》んだ信仰の持ち主が隠れ潜んでいたとしても、決しておかしくはないということだ。

そして、そのことを明らかにするには、やはり、ヴァチカン教皇庁の科学アカデミーに送られたというパンジャマン教授のレポートが、いったい誰の手に渡ったかを知る必要があった。

そこで、ダビデ像のような美しい姿をした神父の顔を思い浮かべる。

（あの神の使いは、どこまで信用できる男なのか——）

6

食事を終えて会計を済ませた斉木が、言う。

「タクシーで送ってやろうか？」

「いえ。自転車で来たので大丈夫です」

「そうか。それなら――」

別れの挨拶《あいさつ》をしかけた斉木が、前を見ずに車道に出ようとした聖人の向こうに車のライトが迫るのを見て、大慌《おおあわ》てで手首を引っぱった。

その脇を、一台の車がクラクションを鳴らしながら猛スピードで通り過ぎる。

間一髪で災難を防いだ斉木が、手首をつかんだまま怒る。

「バカ野郎。どうして、そう不注意なんだ」

「すみません」

「いいか。そんなんじゃ、命がいくつあっても――」

多少の酔いも手伝って、ありきたりな説教をし始めた斉木であったが、その時、ふと手の中に違和感を覚えて、「ん？」と首を傾げる。

それから、つかんだままの聖人の手首を持ち上げて、じっと見た。

「なんだ、お前、洒落《しやれ》たブレスレットなんかして、彼女でもできたのか？」

「ああ、いえ、違いますよ。これは、大叔父さんがくれたんです。バレリ家の紋章が入っているから、いざと言う時の迷子札になるそうで」

「へえ。――やっぱ、なんだかんだ言っても、過保護だな」

「たしかに」

そのまま手首をくるくる回すように見ていた斉木のために、聖人がブレスレットを外して手渡す。

間近にブレスレットを覗《のぞ》きこんだ斉木が「ふうん」とつぶやいた。

「けっこう変わった紋章だな。葡萄を戴《いただ》く杖《つえ》にライオンらしき動物か。下に家訓も書いてある」

斉木は、新聞記者になるくらいなので好奇心は人一倍強く、昔から気になることがあると、とことん追求しないではいられない性格をしていた。

さらに目を近づけた斉木が、家訓を読みあげる。

「Ecce《エッケ》 in《イン》 oculo《オクロ》 mentis《メンティス》――か。訳すと『心の目で見よ』とでもなるのかね」

「……心の目で見よ？」

それまで気にもしていなかった家訓であったが、言われた瞬間、聖人の脳裡《のうり》を何かがかすめた。

(あれ、なんだっけ。なにか思い出しかけたんだけど……)

だが、記憶をたぐりよせる前に、ブレスレットをひっくり返した斉木が、「へえ」と声をあげたので、意識がそっちに向く。

「裏にもなにかの絵があるぞ」

「え。——あ、そうそう、そうです。けっこう細かい作りで」

言いながら、聖人も横から一緒に覗きこむ。

「植物の茎が燃えているんですかね。形からして、ディルかウイキョウに見えますけど」

「茎が燃えているところから考えて、間違いなくウイキョウだな」

「そうなんですか？」

「ああ」

断定した相手に対し、聖人が理由を問う。

「なぜ、茎が燃えているとウイキョウなんですか？」

「それは、プロメテウスの逸話から来ている。彼が、天上から火を盗んで地上に運んできた際、ウイキョウの茎に灯《とも》して運んだことになっているんだ」

「へええ」

聖人が、感心した声をあげた。

「相変わらず、つまらないことを、よく知っていますね」

「なんだ、つまらないって。失礼なやつだな」

「あ、いや、つまらなくはないです。――ただ、ほら、ねえ?」

おもねるように見あげてくる後輩を見下ろし、斉木が呆《あき》れたように言い返す。

「俺に『ねえ』って言われてもね」

そりゃそうだろう。

昔から雑学をよく知っている斉木であったが、年と共にその知識に磨きがかかっているようだ。

聖人が、失言をごまかすように「それにしても」とつぶやいた。

「ウイキョウかあ」

7

斉木と別れて家に帰った聖人は、その夜、また夢を見た。

いつもと同じ場所。

いつもと同じように、手になにかを持っている。

だが、いつもと大きく違うのは、今日は旗ではなく、大きなウイキョウを手にしていることだ。

杖にでもなりそうな大きなウィキョウ。

（なんで、ウィキョウ？）

心のどこかで不思議に思うが、夢の中では、それをブンブンと軽快に振り回して、誰かを思いっきり叩《たた》いていた。

叩いて、叩いて、相手が逃げ出すまで叩く。

（あっちへ行け）

（悪さをするな！）

そう願いながら、尚《なお》も叩く。


そうして明け方になり、目を覚ました聖人は、ベッドの中で考え込んでしまった。

おかしな夢を見たものである。

それに、彼が夢の中で叩いていた相手――。

その相手を、聖人は知っている気がした。

知っているのに、思い出せない。

思い出そうと夢の記憶を必死に辿るが、ぼんやりとしてしまって、どうしても思い出せない。

——夢は、脳の中だけで作られる。

昨夜、斉木が話してくれたことだが、だとしたら、今しがた見ていた夢も、聖人が勝手に作り出したものなのか。

(まさか、僕が叩いていたのって、斉木さんじゃないよなあ……)

もし、そうだったとしても、それを斉木には絶対に言えないと思う。

だが、なんとなく彼ではなく、かといって、最近一緒にいるダビデでもなかったように思う。

(絶対に、知っている顔なのに……)

だが、必死で考えているうちに、まったく知らない人物であった気もしてきて、そうでなくても、テレビか何かで見た人である可能性も出てきた。

結局、雲をつかむようにふわふわしていて、よくわからない。

そうして長い時間、思い出そうと頑張ってみたが、思い出すことはなく、ついに諦《あきら》めて、彼は朝食を食べるために、ベッドを降りて部屋を出て行った。

8

薄暗い空間に、パチパチと火のはぜる音がしている。

炎に照らし出された壁は古びた煉瓦《れんが》でできていて、ところどころ崩れ落ちているのがわかる。床には木箱が散乱し、この場所が、今は使われていない倉庫か、あるいは廃墟《はいきょ》となった礼拝堂かなにかであることを示していた。

そんなガランとした空間に、なにかがぶらさがっている。

黒く細長いもの。

天井に渡された梁《はり》から吊《つ》るされたそれが、ブラブラと揺れるたび、どこからかうめき声のようなものが聞こえてきた。

揺れ動きながら向きを変えたそれは、人間だった。

少なくとも、人の形をしている。

苦しみに悶《もだ》え、手足をばたつかせて難を逃れようとするが、炎の熱が容赦なく彼を襲い、次第に体力を奪っていく。

恐ろしいことに、血だらけとなった人間が吊るされ、火に炙《あぶ》られていた。

その足元では、黒いマントに身を包んだ男が灰色の瞳《ひとみ》に歪んだ欲望を浮かべ、食い入るように炙り殺される人間を見ている。

マント姿の男が言った。

「観念するといい。夢で悪を為す邪悪なベナンダンティよ。お前たちが、私を呪《のろ》い殺そうとしていることはわかっている。だから、そうなる前に、お前たちの血は、この世界から消え去る必要がある。善良な者たちのためにも、そうする必要があるんだ」

それに対し、吊るされた男が何か言おうとした。

だが、言葉にはならず、代わりに大量の血が口からあふれ出た。

身体には明らかに拷問《ごうもん》されたと思われる傷跡があり、彼の苦しみが長く続いていることを物語っている。

「いいか。お前が教えてくれた仲間たちも、いずれお前と同じ運命を辿る。それを地獄でゆっくり待っているがいい」

心の底から楽しそうに告げたマント姿の男は、苦しんでいた男がぐったりと動かなくなるのを見届けると、下火になりかけた炎に足を突っ込み、火を消した。そうして、燃え滓《かす》を靴の下にぎゅうぎゅう踏みつけながら、憎々しげにつぶやく。

「そう、これは神が、私に与えたもうた使命だ。夢で私を呪う者たちを根絶やしにするまで、私に安眠は訪れないのだから――」

Vatican Hidden Bibliotheca

第四章　夢の王国

1

秘密記録保管所でのあてどない作業は、そろそろ限界に達しようとしていた。

気を揉《も》んで時々様子を見に来る企画展示室長のルチアも、いっこうに成果の上がらない状態に、いささか辟易《へきえき》しているようで、聖人に対する態度もどこかぎこちなくなりつつある。

期待外れも甚だしいと思っているのだろう。

だが、勝手に期待しておいて失望されても、聖人はちょっと釈然としない。期待して欲しいなんて思っていなかったのに期待されてしまい、それはそれで嬉《うれ》しくて頑張っていたら、結局失望される結果となり、とても落ち込んでいる。

人間、あがった分、落ちる際の高低差は、なにも無い時より大きいのだ。

ラーメ教授は適当に時間稼ぎをしていればいいと言ったが、当然、そんなことをマリクに言うわけにもいかないため、実行するにはなかなかの図太さが必要だった。

すっかり口数が少なくなり、あまりよそ見もしなくなった聖人を、マリクが少々心配そうに見ている。

なんだかんだ文句はつけていたが、聖人が諦《あきら》めずに一所懸命やっているのは身近で見ていてわかっていたし、正直、書簡が見つからないのは聖人のせいではない。端《はな》から無理な計画であったのに、周囲の人間がそれぞれの思惑で聖人のことを身勝手に評価している今の状況に対し、第三者的にかなり同情的な気分になっていた。

聖人がチェックし終ったファイルを段ボールに戻したところで、隣にいたマリクが腕時計を見おろして言う。

「そろそろ、止《や》めましょうか」

「あ、でも、あと一箱くらい――」

言いかけた聖人を、マリクがいなす。

「これ以上やっていても、気がそぞろになるだけですよ。英気を養って、また明日頑張ればいいことです」

「でも、ルチアさんのがっかりする顔を見たくなくて――」

「そんなの」

マリクが、バカバカしそうに応じた。

「彼女の勝手でしょう。勝手に期待して勝手に失望しているんです。勝手にさせておけばいい。君は君で、やるべきことをこうして文句も言わずにきちんとやっているのですから、気にする必要はありませんよ」

「でも――」

言いかけた聖人を遮り、「そもそも」と続ける。

「絶対に見つかるというものを捜しているわけではないんです」

ラーメ教授は、たしかに、そういう書簡があったという記述を見つけたようだが、それが必ずしもいまだに存在しているとは限らない。ヴァチカン図書館の蔵書と秘密記録保管所の資料は、これまで何度も略奪にあい、そのたびに、多くの文献が失われているのだ。

「それはそうですけど……」

まだ未練がありそうな聖人であったが、その時、机の上にあった彼のスマートフォンがメールの着信音を響かせたので、サッと手で操作して画面に視線を走らせる。それから、マリクに告げた。

「ラーメ教授からです。資料の整理を手伝って欲しいそうで、午後にでも時間があれば来てくれと」

「ちょうどよかったじゃないですか。ここは切りあげて、お昼を食べがてら、教授のお手伝いをしてくるといいですよ。気分転換になるでしょうし、ついでに、ここでの作業について、少し相談してみるのもいいかもしれませんね」

「……はあ」

せっかくのマリクの助言であったが、当たり前だが、聖人の表情は晴れない。

なんと言っても、教授自身が、この作業をただの時間稼ぎとしか考えていないのだから、今さら相談したところで、どうなるものでもなかった。

マリクの考えている通り、それぞれの思惑の間で板挟みになってつらい思いをしている聖人が、帰り支度をし始めたところで、「あ、そうだ」と声をあげた。

「忘れるところでしたが、昨日、ここの前で人とぶつかった時、相手の方の本が僕の荷物に紛れ込んでしまったみたいで」

言いながら『夢の王国を求めて』というタイトルの本を取り出した聖人が続ける。

「どうしたらいいかと悩んだんですが、ここで資料を閲覧した人なら、こちらの事務局で連絡先を把握していますよね。なので、昨日、あれくらいの時間にここの資料を閲覧していた方に連絡を取って、返してもらえたらと思って」

マリクが、肩をすくめて受け取る。

「それは構いませんが、本当にあの男性のものなんですか？」

「……たぶん。それ以外に考えられないので」

曖昧《あいまい》な返事であったが、マリクはそれ以上訊《き》かず、「わかりました」と了承した。

「事務局に言えば、すぐにわかると思うので、あとで届けておきますよ」

それから、二人一緒に秘密記録保管所を出たところで、再び聖人のスマートフォンが着信音を響かせる。

しかも、今度は電話だ。

条件反射で電話に出た聖人のことを、別れ際《ぎわ》の挨拶《あいさつ》をしそびれたマリクが立ち止まって待つ。

「はい?」

『お、聖人か。俺だけど』

電話をしてきたのは、斉木だった。

「あれ、斉木さん、どうしたんですか?」

昨夜一緒だったのに、翌日に電話してくるなんて珍しい。たいていは、一度会うとしばらく連絡がないのだが、いったいどういう風の吹きまわしか。しかも、なんとも騒々しい場所からかけているようである。

相手が日本語だったので日本語に切り替えた聖人のそばで、「斉木」という名前に反応したマリクが、じっと様子を窺《うかが》っている。

『聖人、お前、ニュースを見たか？』

「いえ、見ていません。いつも通り、秘密記録保管所で作業をしていたので」

『まあ、その落ち着きようならそうなんだろうな』

どこか皮肉気に言った斉木が、緊迫した声で続ける。

『いいか、よく聞け。――昨日、お前がぶつかった男を覚えているだろう』

「もちろん、覚えていますよ。今、本を返してもらうよう頼んだばかりです」

『ああ、そりゃ、無駄だったな』

「無駄？」

『そう。彼、死んだんだ。――殺されたんだよ』

「え？」

寝耳に水だった聖人が、驚いて繰り返す。

「殺された？」

日本語の会話であったが、その瞬間、マリクがすっと眉《まゆ》をひそめた。

聖人が、続ける。

「殺されたって、どういうことですか？」

『三人目の被害者だよ。ローマ郊外にある取り壊し中の倉庫の中で焼死体となってみつかった。第一報を聞いて、俺は今、現場に来ているんだが、グラーツやケルンの時と同じで、拷問《ごうもん》されたあとで炙《あぶ》り殺された』

「三人目の被害者って――」

混乱した聖人が、額に手を当てながら訊き返す。

「でも、彼は、ベナンダンティについて調べていただけで、本人はベナンダンティではないんですよね？」

言ったあとで、「つまり」と付け足す。

「同じ夢を見ているわけではないということですけど」

『それは、彼が死んでしまった以上、どうやってもわからないことだが、昨日も言ったように、連続殺人犯に取って、理由はあとづけだ。殺したいから殺していく。そういう意味では、例の本の著者が真にベナンダンティかどうかは問題ではなく、それに関わってさえいれば、犯人にとっては、殺害の対象となり得るんだろう』

「そんな――」

聖人が憤慨する。

「そんなことを言っていたら、誰だって殺害の対象となってしまいます」

『たしかに、危険極まりない』

斉木も認めるが、すぐに『とはいえ』と続ける。

『やはり、キーワードはベナンダンティなんだろう。それで思ったんだが、殺された原因として、彼が、昨日、秘密記録保管所で調べていたものが関係してないかって』

「秘密記録保管所で調べていたもの――？」

『そうだ。あの男が、あんな場所で調べることなんて、ベナンダンティについて以外に考えられないだろう。例の本のあとがきにも、そんなようなことが書いてあったし』

「そうでしたっけ？」

あとがきなどまったく見ていなかった聖人が確認すると、『ああ』と応じた斉木が『あとがきには』と教える。

『著者の意向や今後に向けての方針などが書いてあることが多いので、案外、その本の書かれた動機などがわかっていいんだよ。下手をすれば、序文やあとがきを読むだけで本の概要がつかめてしまうことすらある』

「へえ」

『だが、まあ、そんなことはいいとして、あとがきによれば、彼は、本を上梓《じょうし》した頃から、ずっとヴァチカンの秘密記録保管所にあるなにかの資料を閲覧したがっていた。おそらく、そこにベナンダンティについての重要な記述が残されていると知っていたのだろう。それが、昨日、念願が叶《かな》って、ついに秘密記録保管所の資料を閲覧することができた。――そこで、彼がなにを見たのかは知らないが、その日のうちに、彼は殺されたんだ。となれば、その資料に書かれていたことと、なにか繋《つな》がりがあると考えてもおかしくはないだろう』

「たしかにそうですね」

認めた聖人が、「でも、そうなると」と戸惑い気味に言う。

「一つ問題が出てきます」

『なんだ？』

「殺人犯は、あの男の人が、ここでなんの資料を閲覧したかを知ることのできる立場にあったということで、それはものすごく限られた人たちになります」

それ以上は口に出せなかったが、暗に、ヴァチカン関係者――しかも、秘密記録保管所に出入りできる人間であると言っているようなものである。

斉木が、条件付きで認めた。

『彼が他でその話をしていなければ、そういうことになるな。もとより、俺はヴァチカンの人間が絡《から》んでいるんじゃないかと睨《にら》んでいたから』

「でも」

聖人が、チラッとマリクのほうを見てから、声を潜めて訊く。

「そんなこと、それこそあり得ますか？」

『あり得るんじゃないか』

あっさり言い切った斉木が、『それで、だ』と続けた。

『そのことをはっきりさせるためにも、そこにいる——と、俺は踏んでいるが——おきれいな顔をした神父さんか、でなければ、お前の尊大な大叔父さんでもいいが、どっちかに頼んで、至急、昨日あの男が見ていた資料を調べることはできないか?』

それに対し、聖人がたじろいだ様子で訊き返す。

「『頼んで』って、まさか僕に頼めとか言いませんよね?」

『そう言っているつもりだが?』

「いや、無理」

『なんで?』

「そんなこと、絶対に頼めません」

『だから、なんで?』

「先輩じゃないからですよ」

『だったら、俺みたいになれ。——ということで、頼んだぞ』

無理なことを言うなり、一方的に電話は切られた。

「——うそ」

了承もしていないのに頼まれてしまった聖人が、通話の途絶えたスマートフォンを手にしたまま、困惑して立ち尽くす。斉木と違って、人の領域にズカズカと入り込んでいく根性など、聖人は持ち合わせていない。

いったいどうしたらいいのか。

しばらく悩んでいたが、悩んでいても埒《らち》が明かないので、思い切ってマリクに頼んでみることにした。

なぜそんな勇気が湧《わ》いたのかといえば、なんとなくマリクなら、頼んでみるくらいなら許してくれそうな気がしたからだ。それで断られたら断られたで、その時、引けばいいだけのことである。

斉木だって、無理を押してまでなんとかしろと言ったわけではない。ただ、頼んでみてくれと言っただけであれば、ひとまず頼んでみるだけ頼んでみよう——。

そう決心した聖人であったが、どうやらかなり緊張していたようで、のっけから大変な間違いをしでかす。

顔をあげ、彼はマリクを呼ぶのに、こう言った。

「あのさ、ダビデ——」

とたん、こちらを見返したターコイズブルーの瞳《ひとみ》がスッと翳《かげ》りを帯びる。

慌《あわ》てた聖人が言い直す。

「じゃなくて、フェデリオ神父！」

だが、今回は、真っ直《す》ぐにマリクを見つめて呼んでいたので、どうあっても誤魔化しようがなかった。

「ダビデ、ね」

つぶやいたマリクが、小さく溜息《ためいき》をついて告げた。

「なにを聞くにしても、とりあえず先にお願いしておくと、私を『ダビデ』と呼ぶのは止めてもらえませんか。できれば、心の中でも。――正直、その呼び方にあまりいい印象がないので」

「すみません。そうですよね」

謝るしかなかった聖人は、心の底から申し訳なく思う。

そんな聖人に、マリクが意外なことを言った。

「それで、よければ『マリク』と」

「――え？」

すっかり恐縮していた聖人は、あまりの意外さに、きょとんとした顔でマリクのことを穴が開くほど見つめてしまう。なにせ、名前の件も含め、彼には迷惑をかけまくっているので、てっきり嫌われているだろうと思っていたからだ。

それが、まさかファーストネームで呼ぶ許可をくれるとは――。

聞き違いかと思い、念のため、確認する。

「本当に、『マリク』でいいんですか？　『フェデリオ神父』ではなく？」

「そうですね。君がよければの話ですが、君は信者ではないので私を神父として扱う必要はないですし、私は、この世界で生まれてこの世界しか知らずに生きてきたので、これを機に、世界に一人くらい、私を神父として扱わない人間がいてくれてもいいのではないかと思っています。神の前で、神の御心《みこころ》に適《かな》う正しいバランスを保つためにも、ぜひ、そういう相手になってくれたらと思います」

聖人は、きょとんとした顔のまま、「もしかして」と心の中で思う。

信じられないことだが、これは遠まわしに「友達になってくれ」と言われているのだろうか――。もしそうなら、とってもうれしいことだが、良いように解釈して、あとで勘違いとわかっても、悲しい。

だが、ひとまず聖人は速攻で受け入れる。このところ、みんなから期待外れだと思われているのをひしひしと感じていたので、異国の地で、こんな風に親しみをもたれたのは本当に嬉しい。

「もちろん、いいですよ。そうします。マリク。――あ、心の中でも、これからは『マリク』って呼ぶって約束します」

暗に、今までは「ダビデ」と呼んでいたと認めたようなものであったが、浮かれている彼は気づかず、すぐに「そうだ、それなら」と付け足した。

「僕のことも、『クロス氏《シニョール・クロス》』ではなく、『セイト』って呼んでください」

「わかりました」

うなずいたマリクが、「それで、セイト」と言う。

「斉木氏は、君に何を言って来たんですか？」

「あ、そうそう」

その一言で一気に現実に引き戻された聖人が、「実は」と公園での出来事なども含め昨日からの経緯をざっと話して聞かせた。その間、黙っていたマリクが、聞き終ったところで「なるほど」と難しそうな顔でうなずく。

「ベナンダンティ、ね。――聞いたことはありますよ」

「そうなんですか？」

「まあ、北イタリアを中心にした局地的な異端信仰なので、あまり知られてはいませんが、イタリアで育っていれば、一度くらいは耳にしていてもおかしくはないでしょう」

そう言って考え込んだマリクが、「斉木氏は」と訊き返す。

「かなり優秀な記者のようですね？」

「ああ、はい。記者としてどうかは、僕にはわかりませんが、少なくとも、とても頼りになる先輩で、僕はずっと、あの人におんぶにだっこの状態です」

「そうですか」

それに対し何を思ったか、マリクが手にした本を軽く振って答えた。

「わかりました。この本を口実に、その男がなんの資料を閲覧していたか調べてみますので、とりあえず、君はラーメ教授のところに行ってさしあげてください」

そこで、聖人はマリクと別れ、ラーメ教授の自宅へと向かった。

2

秘密記録保管所の書庫は地下にあり、そこに入れる人間はヴァチカンの中でも一部の人間に限られていた。

「保管人」と呼ばれる聖職者たちだ。

秘密記録保管所には、古文書学や古文書解読術を学ぶための専門学校が併設されていて、現在、管理を任されているアルゴーニ神父などは、ここに来た当初、すでに神父であったにもかかわらず、古書について学ぶために、改めて学校へ入ったという。

以来、三十年以上、彼はローマ市内にある自宅と秘密記録保管所の書庫を往復する日々を送っている。

マリクは、保管人ではないため、地下の書庫に入る資格はない。

そこで、アルゴーニ神父に頼み込んで、昨日、聖人が来る前に閲覧室で資料を見ていた男について教えてもらい、ついでに、閲覧していた資料を特別に出してもらうことにした。

本来なら書庫の資料を閲覧するには、聖職者であっても、正式な手続きを踏む必要があるのだが、マリクは、いちおう教皇の顧問団の一人であるため、資料の閲覧くらいであれば、頼めば聞いてもらえる。上層部の命令だといえば、それで通るからだ。

実際、マリクは、バレリ枢機卿《すうききよう》の名前をちらつかせて交渉を進めた。

アルゴーニ神父が、資料を渡しながら訊く。

「この資料が、どうかしたのですか？」

「そうですね。この資料の内容には、人命がかかっている可能性があるため、急いで調べる必要があるのですよ」

「――人命？」

ふだんから、砂漠の賢者のように穏やかで静かなアルゴーニ神父にしては珍しく、白い眉毛を動かして驚きを顕《あら》わにする。

「人命というと、人の命がかかっているということですか？」

「まだ、はっきりとは言えませんが、その可能性があるということです」

アルゴーニ神父から資料を受け取ったマリクは、それを閲覧机に乗せて片端から読み始める。

昼時の穏やかな陽光が差し込む閲覧室には、眠気を誘う、ゆったりとした時間が流れていて、とてもではないが、自分が連続猟奇殺人事件の手がかりを調べているようには思えない。

どちらかが現実で、どちらかが夢であるような――。

だとしたら、自分は、どちらの世界に身を置きたいのだろう。

頭の端っこでそんな哲学めいたことを考えつつ、マリクは、ラテン語で書かれた書簡に、次々と目を通していく。その速さと言ったら、難解なラテン語を読んでいるとは到底思えない。一枚の内容を把握するのに三十分以上かけていた聖人が見たら、ひっくり返って驚くだろう。

マリク以外に人のいない閲覧室で、古い紙がこすれる音だけが響く。

やがて、マリクは、麻の紐《ひも》で綴《と》じられた数ページにわたる書簡を手に取り、パラパラと読み始めた。文字を追いながらスッスッと動いていた手が、あるページに差し掛かったところでピタリと止まり、ターコイズブルーの瞳がゆっくりと細められる。

「……ベナンダンティ」

つぶやいたマリクが、内容を熟読する。

それは、アクイレイアで行われた異端審問の記録で「ベナンダンティ」として訴えられた男が、審問官から取引をもちかけられ、最初こそ断っていたものの、のちに仲間の名前をあげるという内容のものだった。最後に、彼らを統率している首領の名前を教えるようにうながされ、男は、ついにその名を告げる。

男の告発を受け、そこに記載された名前は――。

「ミケーレ・バレリ……」

思わず声に出していたマリクが、信じられないというように、もう一度その名前を繰り返す。

「ミケーレ・バレリ。――まさか、あのバレリ家が、ベナンダンティの血筋だというのか？」

食い入るように文字を見つめるマリクは、珍しく混乱する。

カトリック教会の中枢を成す枢機卿が、実は、四百年以上も前に、異端として教会に抹殺された組織の長の家系であった。

だとしたら、なにがどうなるというのか。

考え得ることとして、まず、彼は、なんとしても、その事実を隠そうとするだろう。

その結果、起こることは――。

（いや、まさか）

マリクは、自分の考えを否定するように頭を振り、もう一度、考え直そうとする。

だが、どう考えても、色々なことがバレリ枢機卿を指し示しているような気がしてならない。少なくとも、バレリ枢機卿は、科学アカデミーに送られたレポートを入手して見ることのできる立場にいる。そして、ベナンダンティのことを隠したい枢機卿としては、「同じ夢を見る」という特殊な才能を持つ人間がクローズアップされ、世間の注目を集めるなどという事態は、なんとしても避けたかったはずだ。

そのためには、彼らの存在を抹殺しなければならない。

さらに、バレリ家がベナンダンティの血筋であることの証拠であるこの書簡を見てしまった男を、この世から消し去る必要に迫られた。

そう考えれば、すべて辻褄《つじつま》が合うが、実際、本当にあのバレリ枢機卿が、そんなことをするだろうか。

マリクは、昨日の夜、バレリ枢機卿の自宅を訪れ、斉木から聞いた情報をすべて報告している。その時、枢機卿は、いつもと変わらない、ヴァチカンの司令塔として彼の前に堂々と存在していた。

そんな男が、卑劣にも、動けない人間を拷問し、さらに火炙りにして殺したりするだろうか。

いや、それは、どうにも考えにくいことである。

マリクが知る限り、人を拷問するようなサディストは、日々の中で肥大した自尊心を鬱屈《うっくつ》させて生きているはずである。

だが、バレリ枢機卿は、それとは正反対で、生まれ持った才能を存分に発揮できる地位と権力を持っていて、鬱屈とは程遠い立場にある。

やはり、何かが違う。

様々なことに思いを巡らせながら、マリクがなおも審問記録を読んでいると――。

「なにを、そんなに熱心に読んでいるんだい、マリク」

横合いから声をかけられた。

振り返ると、そこにアルゴーニ神父をともなったバレリ枢機卿がいて、彼の指示でアルゴーニ神父がその場を去ると、バレリ枢機卿はマリクに近づいて、その手元を覗《のぞ》き込む。

おそらく、マリクの行動を不審に思ったアルゴーニ神父が連絡したのだろう。

勝手に資料を閲覧していた現場を取り押さえられ、言い訳のしようのなかったマリクが黙っていると、書簡を指で軽く持ち上げてタイトルを確認したバレリ枢機卿が、小さく溜息をつき「なるほど」と残念そうに言った。

「アクイレイアの審問記録か」

「はい」

「一応訊くが、なぜ、そんなものを読んでいる？」

「その必要があると思ったからです」

「私に報告する前に？」

やわらかい口調で詰問《きつもん》され、マリクが観念したように答えた。

「そうですね。先に確認してから、お話しするべきだと考えましたので」

「そう」

そこで、覗きこんでいた書簡からマリクに視線を移し、バレリ枢機卿が問う。

「――で、なにがわかったって？」

何気ない一言が、これほど人に威圧感を与えることがあるのかというほど威圧感に満ちた一言であったが、ターコイズブルーの瞳で真っ直ぐ相手を見返したマリクは、毅然《きぜん》として答えた。

「私にわかったことは、バレリ家が、かつて異端として教会に抹殺された『ベナンダンティ』という組織の首領を務めた家系の可能性があるということです。そして、そのことから察するに――」

そこで少し間を置き、マリクは宣言する。

「猊下《げいか》、貴方《あなた》は、現代に生きるベナンダンティなのではありませんか？」

3

「なるほど。私が、現代に生きるベナンダンティ、ね」

真剣な面持ちのマリクの前で、バレリ枢機卿はほとんど表情を動かさずに笑う。穏やかな時間が流れる閲覧室に、ピリピリとした緊張感が漂った。

バレリ枢機卿が、「たしか」と続けた。

「昨日の男も、私にそう言ったよ」

「――昨日の男？」

誰のことか分らなかったマリクに対し、バレリ枢機卿が具体的な名前をあげる。

「トフォロ・ガスパルッドと名乗っていた」

それが、昨日、秘密記録保管所に来ていた男の名前であることをアルゴーニ神父から教わっていたマリクが、驚いて訊き返す。

「お会いになったんですか？　トフォロ・ガスパルッドに？」

「会ったというか、向こうが勝手に押しかけて来たんだけど」

相手の言い分に対し、マリクが慎重に尋ねる。

「それなら、彼が亡《な》くなったことは？」

「聞いたよ。――だからと言って、私には関係のない話だと思うが、そんなものをコソコソ読んでいるところをみると、どうやら、君はそう思っていないようだね？」

そんなものというのは、もちろんガスパルッドが閲覧した資料のことで、許可もなく読んでいたマリクが、若干バツが悪そうに黙り込む。しかも、言われたことは的を射ていて、もし、これでバレリ枢機卿が無関係であった場合、これほど失礼な話はないだろう。

マリクの迷いを見て取ったバレリ枢機卿が、「まあ、いい」と鷹揚《おうよう》に言う。

「私は寛大だからね。特に、君に対しては——。だから、こんなことで責めたりはしないけれど、この際だから、ぜひとも教えて欲しい」

枢機卿は、説法をする時のように胸の前で小さく両手を開いて続ける。

「どうして、君たちは、四百年も昔のそんな些細《ささい》な審問記録に、そこまで重大な意味を見いだそうとするのだろう。ガスパルッドとかいう男にも言ったけど、四百年も前の記録に名前があるからと言って、それを現在の我が家に結び付けられても、正直、困惑するしかない」

マリクがなにか言いかけるのを人差し指一つで止め、バレリ枢機卿は「もちろん」と譲歩する。

「可能性がまったく無いとは言わないよ。なにせ、同じ『バレリ』だ。だけど、我が家の正式な家系図は、そこにある時代から一世紀後の、十七世紀にローマで勢力を伸ばした『ルドヴィーコ・デ・バレリ』までしか辿《たど》れない。それ以前のフリウリ地方のバレリ家と我が家を結びつける確固たる証拠があるのならともかく、ただ、そういう名前が記録にあるというだけでどうこう言われても、こちらとしては、『はあ、そうですか』と言うしかない。ましてや——」

そこで、咎《とが》めるように軽く目をすがめてマリクを見つめ、推測する。

「君が想像するような、そのことで殺人を犯すほど、私はヒマではないし、人が苦しむさまを見て悦に入るほどイヤな性格をしているつもりもない。――もし、君がそう思っているのなら、本当に残念だよ。それとも、知らず、私は、日々そうやってまわりの人間を苦しめているだろうか？」

「いえ」

マリクが、即答する。

バレリ枢機卿は、人を政治的に陥《おとしい》れることには長《た》けていても、直接誰かをいたぶったりしないであろうことは、わかっている。

それで、マリクも半信半疑でいたのだ。

マリクの返答に満足したらしいバレリ枢機卿が、「それに」と続けた。

「仮に、私が現代に生きるベナンダンティだったとして、なぜ、仲間かもしれない人間を殺してまわる必要があるんだ？」

「それは、もちろん、教会の指導者たるべき猊下が、かつて異端とされた集団の血統であると知られるのはまずいと――」

「そこだよ」

こうなっては、もうあまり説得力のない推論を展開したマリクを遮り、バレリ枢機卿が指摘する。

「その前提からして間違っている。――いいかい。君たちはみんな、ベナンダンティのことを、悪魔信仰を掲げた異端の徒だと思っているようだが、とんでもない誤解だ」

「違うんですか?」

「違うね」

バレリ枢機卿が、主張する。

「異端どころか、彼らは、敬虔《けいけん》なキリスト教徒だった」

「敬虔なキリスト教徒?」

それは、あり得ないと思ったが、バレリ枢機卿は、マリクが手にした書簡を顎《あご》で示して説明する。

「その記録をよく読むと、ベナンダンティとして訴えられた男は、最終的に、夢での戦いを現実に起きたことだとする考えを過ちと認めたため、六カ月の入牢《にゅうろう》などの軽い刑罰を与えられただけであっさり放免されている。だが、もし彼が、当時において悪魔信仰を掲げた異端の烙印《らくいん》を押されていたのだとしたら、それはあり得ないはずだろう。なにせ、十六世紀といえば、一四八四年にイノケンティウス八世が発した魔女排斥の教勅『スムミス・デジデランテス』に続き、ドイツで刊行された悪名高き『魔女の鉄槌《マレウス・マレフィカールム》』が出回ったあとで、ヨーロッパには魔女狩りの嵐《あらし》が吹き荒れていた。ちょっとでも悪魔信仰の嫌疑がかかれば、拷問にかけられ、たとえ無実であっても異端の罪を着せられ、魔女として処刑された時代だ」

「そうですね」

「そんな渦中《かちゆう》にあって、彼らのほとんどが無傷と言っていいくらいの軽い罰だけで放免され、その後、その審問で告発された人間が新たに審問にかけられたという記録も残っていない。同じ夢を見るという特殊な体験をする以外、他のキリスト教徒となんら変わらない敬虔な信者だと認められたからだ。そして、夢を見ること自体は、当時の教会も罰することはできなかった。彼らは、日曜日ごとのミサにも出席するし、毎日の祈りも欠かさず、折々の祭事も粛々とこなす。間違っても、サバトで悪魔の尻《しり》に接吻《せつぷん》なんかはしていなかった」

バレリ枢機卿が、そこで一呼吸置いてから「ただ」と続けた。

「時代が下るにつれ、無知蒙昧《もうまい》な人々が——というのも、ベナンダンティの多くは小作人で、君も知っての通り、彼らには教育の機会など与えられず、教養とはほど遠い生活を強いられていたため、当時の異端審問官の巧みな誘導尋問によって、しだいに悪魔信仰の形態を告白するようになっていったんだ」

マリクがうなずいて認める。

「それは、魔女裁判ではよくあることです」

「そう。さらに巷間《こうかん》に、ベナンダンティを騙《かた》っては、人々を惑わして金品を巻き上げる詐欺師《さぎし》のような連中が現われ、ベナンダンティの名は、一気にいかがわしい悪魔信仰を掲げる異端の集団と同義語になってしまう。結果、十七世紀後半までには、多くのベナンダンティが魔女として訴えられ、刑に処された。その手の審問を扱った記録がフリウリ地方の公文書館などに残されていて、ベナンダンティが、一般に悪魔信仰の集団と認識されてしまったのは、そのためだろう。——だが」

声にわずかに力を込め、バレリ枢機卿は言う。

「あくまでも十六世紀前半の、最初に現われた頃のベナンダンティは、夢を共有し、その夢の中で活動を行うという以外は、敬虔なキリスト教徒としての生活を送っていたと考えられる」

それに対し、マリクが「それなら」と問いかけた。

「彼らは、夢で人を呪《のろ》ったりしていないと？」

そこで初めて、バレリ枢機卿がわずかに躊躇《ためら》いを見せた。話を続けるかどうか迷うように考え込んだが、結局話を続けた。

「夢で人を呪うのは、ベナンダンティではない」

「ベナンダンティではない？」

マリクが納得いかないように繰り返し、「それなら」と追及する。

「誰がそんなことをするとおっしゃる気です。まさか、他にも、彼らのように、同じ夢を共有できる人々がいたとでも？」

「そうだね」

そんな都合のいい話はないだろうという主張はバレリ枢機卿も認めるらしく、彼は話を整理するように、また少し考え込んだ。

「たしかに、彼らも、もとはベナンダンティだったと言うしかないだろう。だが、あくまでも、それは本来のベナンダンティとしての役割を忘れた亜種のベナンダンティであって、正規のベナンダンティは、それら悪を為すベナンダンティのことを『マランダンティ』と呼び慣わし、自分たちと区別していたという歴史がある。そして、正規のベナンダンティは、ある時期からマランダンティがかけた呪いを解くことを使命とするようになっていったんだ」

「マランダンティ？」

新たな単語の出現に、マリクが不思議そうな顔をするのを見て、「そう」とうなずいたバレリ枢機卿が、説明を付け足す。

「ここで、少し時代を逆行させると、キリスト教がヨーロッパの地に根付く以前、おそらく、そこには、豊穣《ほうじょう》信仰の一端として、夢を活動の場とする特殊な技能を持った神官のような役割を果たす者たちがいたのではないかと考えられる。その頃から『ベナンダンティ』と呼ばれていたかはともかく、彼らが相手にしていたのは、人ではなく、精霊など自然現象が具象化した神々だった」

「神々……ですか？」

それはまた、話の様相がずいぶんと違ってくる。悪魔信仰までは現実のこととして考えられても、「神々」となると、マリクの感覚では、ほとんどファンタジーの領域だ。

それだというのに、そんな話が、目の前で淡々と語られていく。

「主に疫病神《やくびょうがみ》や、旱魃《かんばつ》や洪水などを引き起こす天候神だろう。それらを相手どって、夢の王国で戦い、神官たちが勝利すると、その年の豊穣が約束された」

「逆に、負けると飢饉《ききん》が発生するのですか？」

疑わしげなマリクに対し、バレリ枢機卿が言い方を変える。

「そうだな。もちろん、実際は逆で、自然現象ありきの戦い——要は、ある種の預言だったと私は思っている。それが、時代の変遷《へんせん》の中で、共同体全体の運命を担《にな》うものから個人の運命を左右するものへと変化し、倒すべき対象も、神の手による災害だったものが、人が人を呪うことで生じる災厄へと矮小化《わいしょう》していったのだろう。それを受け、ベナンダンティも、他人の運命に悪影響を与える側と、それを取り除いてよい運命へと導く側へと分離せざるを得なかった」

「それが、マランダンティとベナンダンティか……」

マリクが自分自身を納得させるようにつぶやき、「実際」とバレリ枢機卿が続けた。

「君が見ていたその審問記録のあとのほうに、ある男が、別の男をマランダンティとして告発した文書があったようなんだが、残念なことに、肝心な部分が抜け落ちていて確認することができない。おそらく、ファイルをまとめる過程で、他のヴェネチア関連資料の中に紛れてしまったか、でなければ、最初から欠落していたのだろう。——なんにせよ、当時の訴えの殆《ほとん》どは、それらマランダンティとベナンダンティの夢での戦いが元になっていると言っていいようだ」

「つまり、まとめると、この世界には、夢の王国で戦っている二つの組織があるということでしょうか？」

「まあ、そういうことになるのかな？」

どこか不真面目《ふまじめ》に応じた相手を、マリクがターコイズブルーの瞳でまっすぐに見つめる。

「なるほど。ここまで大変興味深いお話を拝聴しましたが、一つ疑問なのは、猊下はなぜ、ベナンダンティについて、それほどまでにお詳しいのでしょう？」

先ほどは曖昧に濁していたが、ここまで詳しいとなると、当代のバレリ家は、十六世紀にベナンダンティの首領として告発されたミケーレ・バレリと、なにか関係があるのではないかと勘繰ってしまう。

そんなマリクの疑念を意識しながら、バレリ枢機卿は小気味よさそうな笑みを浮かべて答えた。

「まあ、それは、やっぱり、私がバレリ家の人間だから……だろうね」

「――それは」

ベナンダンティの血筋であるという告白なのか。

そう思ったマリクであるが、さすが、一筋縄ではいかないバレリ枢機卿は、「いや」と言ってはぐらかした。

「誤解しないでほしいんだが、私が現代に生きるベナンダンティだと言っているわけではなく、ベナンダンティについて興味を抱いたのは、なにもトフォロ・ガスパルッドだけではないということが言いたかったんだ。――というのも、数年前、私が前聖下よりここの館長を仰《おお》せつかっていた時に、偶然、この審問記録を見つけてね、以来興味を持つようになった。なにせ、同じ名前を持つ人間が首領を務めた異端の組織があったことになっているわけで、興味を持つなという方がおかしいだろう？」

「……はあ」

真実なのかどうか、微妙に怪しい言い分を主張され、マリクは半信半疑のようであったが、バレリ枢機卿は気にせず、「ちなみに」と教えた。

「夢の王国では、それぞれ武器を持って戦うのだが、モロコシの茎を使うマランダンティに対し、ベナンダンティはウイキョウを持って挑むそうだ」

「モロコシとウイキョウ？」

あまりに意外だったマリクが、「それはまた」と思わず素直な感想を述べる。

「随分と平和的な武器を使ったものですね。ある種、ほのぼのしているというか」

「そうかもしれないが、どちらも多分に象徴的であるのは否《いな》めない。というのも、ウイキョウは、知っての通り、プロメテウスが天上の火を下界におろすのに使ったもので知恵の灯火と見ていいし、モロコシの一種に『ホウキモロコシ』という箒《ほうき》の材料になるものがあって、魔女の持つ道具としてこれほど適したものはない」

「なるほど」

それはなかなか説得力のある話である。

マリクが納得していると、「それともう一つ」とバレリ枢機卿が言った。

「戦いに際し、彼らはそれぞれ旗を振るのだが、勝った方が負けたほうの旗を倒すことになっているという説を読んだことがある。それで、ベナンダンティの旗には、白い生地に黄金のライオンの縫い取りがあり、マランダンティの旗は――」

そこで、なんとも意味ありげにバレリ枢機卿が間を置いて、衝撃の事実を告げる。

「四体の悪魔が描かれた赤い旗だったそうだ」

「四体の悪魔が描かれた赤い旗――？」

当然驚いたマリクが、「それって」と言う。

「例の連続猟奇殺人事件の犯人が、現場に残していったものと同じじゃないですか。――つまり、犯人は、マランダンティか、少なくともマランダンティについての知識があるということでしょうか?」

「だろうね」

認めたバレリ枢機卿が、「今回の事件では」と推測する。

「これまで夢物語《ファンタジー》でしかなかったベナンダンティの話が、現代の科学によって、ただの夢物語ではなくなる可能性が出てきてしまったわけで、そのことに対し、憤《いきどお》りか、あるいは、現実的な脅威を感じている人間がいるのは間違いないだろう」

「……現実的な脅威」

つぶやいたマリクが、「それなら」と尋ねる。

「猊下は、現実に、特殊な能力を持ったベナンダンティが存在するとお考えなのですか?」

「うん、そうだね」

考え込みながら、バレリ枢機卿が答える。

「少なくとも、シンプルにベナンダンティを定義するなら、夢の王国――私なら『夢の場』と言うけど――に行くことができ、且《か》つ、そこでなんらかの啓示を得られる人となるのだろう。この場合の『夢』は、『集団的無意識』などと置き換えることができるかもしれないが、なんにせよ、一種の特殊能力であるのは間違いない。現代科学でも、まだ夢のからくりはわかっていないが、解明されれば、ベナンダンティのこともわかるようになる可能性は高い。――もっとも」

そこで、ニヤッと皮肉気に笑って、枢機卿は続ける。

「わかるようになった瞬間、彼らは、シュレーディンガーの猫のように存在しなくなるかもしれないけど」

「なるほど。シュレーディンガーの猫……」

量子論で有名な思考実験を引き合いに出され、マリクがしみじみ納得していると、

「まあ、惜しむべくは」と、バレリ枢機卿が嘆いた。

「君が見ていたその文書の欠落部分だな。それがあれば、もしかしたら、ベナンダンティの頭領としてミケーレ・バレリの名前が告発されていたように、マランダンティの血を引く人間の手がかりになるような名前が載っていたかもしれない。――もっとも、『バレリ』の名がそうであるように、見つかったからといって、それがなにか決め手になる保証は、もちろんないけど……」

そこで、なにか思うところがあるように小さく苦笑し、「実は」と続ける。

「変な話に聞こえるかもしれないけど、十六世紀のヴェネチア関連資料を当っているセ

イトが、偶然にも見つけ出してきたりしないかと、ちょっとは期待してたんだ」

「セイトが……ですか？」

「うん。あの子はね、昔から、自分ではそうと知らずに、重要ななにかを手に入れたりする傾向にあったんだよ。例えば、そうだな、誰かが失くして困っていたメモとか、印章指輪とか」

「へえ」

意外そうに応じたマリクは、心のなかで、それではまるで千里眼ではないかと思ったが、別に失せ物探しができるというほどのものではないらしい。

そのことを、バレリ枢機卿が続けて言う。

「ただ、本人はあくまでも、それがどんな意味を持つか知らないもんだから、まわりにいる有識者的な立場の人間が注意してみていてやらないと、そのままうっちゃっておかれてしまうので、能力としては本当に無意味なんだけどね。――甥っ子ながら、まさに聖書の一節を読んで聞かせてやりたいくらいだ」

「――豚に真珠ですか？」

「ノーコメント」

さすがに身内に対してそこまでストレートな表現をしたくないらしく、バレリ枢機卿がそう言って誤魔化した前で、マリクが「それにしても、マランダンティねえ」と言って考え込む。

ややあって、ふとなにか思いついたように、彼は「モロコシ……」とつぶやいた。

その瞬間、マリクの頭の中には、膨大な古文書の山と格闘しつつ、その中の一枚を手に取って、「……モロコシ？」とつぶやいていた聖人の姿が思い浮かんだ。

あれは、いつの話であったか。

朧《おぼろ》な記憶であるが、まだ、聖人が、けっこう溌剌《はつらつ》と楽しそうに脱線を繰り返していた頃のことだ。

顔をあげたマリクが、きらめくターコイズブルーの瞳を向けて、バレリ枢機卿に確認する。

「マランダンティの持ち物は、モロコシなのですよね？」

「そうだが、それがどうかしたか？」

「――いえ、おそらく考え過ぎだとは思いますが、以前、セイトが、十六世紀のヴェネチア関連資料を見ていた時に、『アクイレイア』とか『モロコシ』などとつぶやいていたことがあったんです」

その時は、関係ない資料に子どもじみた好奇心を向ける聖人を追い立ててばかりいたが、あるいは、あれが欠落した文書の一部だったということはないだろうか。

バレリ枢機卿が、手をあげてアルゴーニ神父を呼び寄せながら訊き返す。

「それは、いつ頃のことだ？」

「最初の頃です」

答えながらさらに考えたマリクが具体的な日付をあげると、もの静かに近づいて来たアルゴーニ神父に向かい、バレリ枢機卿が、その日、聖人が目を通した古文書類をすべて持ってくるように命じた。

しばらくして運ばれてきた古文書の山を、マリクとバレリ枢機卿が信じられないようなスピードで閲覧し始める。

一枚を手に取って眺め、戻すのに、ものの数十秒。

やがて、右から左に移そうとした手を止め、マリクが言う。

「見つけました」

「よし、いいぞ」

それまで見ていた古文書の束を放り出して近づいて来たバレリ枢機卿に、マリクが自分が持っていたものを手渡した。

「これではないでしょうか？」

「たしかにそれっぽいな」

文書の前後がないのでわかりにくかったが、そこに書かれている内容からして、アクイレイアで行われた審問記録であるのは間違いなかった。

「——ほら、ここです。魔女として訴えられた男が、モロコシで戦うだけだと弁明しています」

横から手を伸ばして告げたマリクに、みずから字面を追いながら、バレリ枢機卿が言う。

「こいつの名前は、書かれているか？」

「あります。ここに、『モドゥーコ』と」

「——『モドゥーコ』」

繰り返したバレリ枢機卿が窓辺に寄り、スマートフォンを取り出してどこかに電話をかけ始めた。

「——ああ、私だ」

数コールで出た相手に向かい、彼は短く伝える。

「悪いが、大至急、ある苗字《みょうじ》の追跡調査をしてくれ。——『モドゥーコ』だ。アクイレイア近郊を当ってくれたらいい。——そう、大至急」

電話を切り、ホッと一息ついたバレリ枢機卿が顔をあげ、余分な古文書類を片付け始めているマリクを眺めやったところで、「ああ、そうそう」と、ふと思い出したように教えた。

「このタイミングでなんだけど、パンジャマン教授が寄こした『レーブ・プロジェクト』のレポート、誰が受け取ったか、わかったよ」

「本当ですか？」

　意表を突かれたマリクに対し、バレリ枢機卿が軽い嫌味で応酬する。

「その件でここに来たのに、君がおっかない顔をしてそんなものを読んでいるから、忘れてしまうところだったよ」

「それは、本当に申し訳ありませんでした」

「うん。気をつけるように。——で、肝心のレポートだけど、受け取ったのは、ティサノルダ司教だった。それで今朝方、彼に電話して、レポートを私か君のところに届けるように言ったんだけど、そのあと、彼と連絡が取れなくなってしまってね。——君は見ていないか？」

「そういえば、お見かけしていませんね」

　マリクが答えたところで、企画展示室長のルチアが閲覧室に入って来た。彼女は、バレリ枢機卿の姿を見ると驚き、嬉《うれ》しそうに近づいてくる。

「これは猊下、お珍しいですね。もしかして、セイトに会いにいらしたのですか？」

「いや、ティサノルダ司教を捜しているんだけど」

　すると、ルチアがすぐに反応した。

「ティサノルダ司教なら、ラーメ教授のところですよ」

「ラーメ教授？」

「はい。――というのも、午前中の早い時間に司教がラーメ教授と電話で話しているのを聞いてしまって、悪いと思ったんですけど、なんかひそひそ声で話しているのが気になって、つい立ち聞きしてしまいました」

　若干ばつが悪そうではあったが、それ以上に、自分が情報提供できるのが嬉しいらしく、ルチアは「そうしたら」と、かなり細かなことまで話してくれた。

「『例のレポートをすぐに返して欲しい』とかなんとかおっしゃっていて、『イースターの間、我々聖職者は人が書いたレポートどころではないし、以前から、同じ夢を見る人間に興味があると話しておられたので、教授を信頼して預けたのに、こうしてイースターが終わってもなしのつぶてで、このままでは、私の立場が危うくなります。ということで、今から取りに行きますから、準備しておいてください』とかなり強い口調で言うなり、電話を切って、本当に出ていかれたんです」

　それを聞き、バレリ枢機卿とマリクが顔を見合わせる。

「どういうことだ？」

「わかりませんが、なんだか嫌な予感がします」

　バレリ枢機卿に答えたマリクが、事情を説明する。

「実は、昼前に、セイトのところにラーメ教授から資料の整理を手伝ってほしいと連絡があり、今、彼は、ラーメ教授のところに行っているはずなんです」

「セイトが？」

顔をしかめたバレリ枢機卿が、「――それはたしかに」と真剣な口調で言った。

「あまり好ましい状況ではないな」

そこで、すぐさま、マリクが聖人に電話する。

これまでに電話をかけたことはなかったが、急なやり取りが必要になった場合のために、連絡先の交換は初日に済ませてあった。

しばらく呼び出し音を聞いていたマリクが、ややあって言う。

「ダメです。繋《つな》がりません――」

4

同じ頃。

ラーメ教授の自宅を訪れた聖人は、呼び鈴に応答がないのをいぶかしみ、教授の名前を呼びながら、敷地内へと踏み込んでいった。

「ラーメ教授。聖人です。いらっしゃいませんか？」

玄関扉の前で声をかけるが、やはり応答はない。ただ、扉は完全には閉まっていない状態であったため、留守であるとは思えなかった。

だいいち、聖人が来ることは事前にわかっているのだから、留守にすることはないだろう。

他人の家に勝手に入ることに対し人並みの躊躇《ちゅうちょ》を示したあと、意を決した聖人が玄関扉を大きく開ける。ケガで不自由している教授が、なにかの拍子に倒れて気でも失っていたら大変だと思ったからだ。

中を覗きこみ、声を張り上げる。

「ラーメ教授。聖人です。勝手に入りますね」

いちおう断りを入れ、家の中に入った。

この前来た時と同じで、玄関を入ってすぐの居間に人の気配はなく、寝室へと続く奥の扉がわずかに開いていた。

用心深く歩きながら、聖人がまた声をあげる。

「ラーメ教授。いらっしゃいませんか。――ラーメ教授」

そんな聖人の足元で、木製の床がギシッ、ギシッと音を立てた。

窓から午後の陽が差し込む室内は、やけに静かで人の気配はない。――にもかかわらず、聖人はだれかの気配を感じていた。

この家に、人がいる。

だが、どういう訳か、息をひそめて気配を消している。

もちろん、すべて聖人の想像に過ぎなかったが、この家に入った瞬間から、なにかがおかしい気がしていた。

聖人は、ひとまず、前回ここに来た際、教授とおしゃべりした寝室へと向かった。

途中、居間の床の上に奇妙なものが転がっているのが、目に入る。使い古されたギプスだ。おそらく、教授が使っていたギプスだろう。

だが、なぜ、そんなところに転がっているのか。

（……もしかして、もうギプスが取れた？）

だとしたら、すごい回復力と言えよう。教授は、年齢の割に、十代の回復力を持っているのかもしれない
そんなことを考えていた聖人は、寝室の前まで来たところで、もう一度、声を張り上げた。

「ラーメ教授。聖人です。入りますよ？」

応《こた》える声はなかったが、聖人は構わずドアを大きく開けた。

ベッドは、空っぽだった。

誰もいない。

だが、視線を移すと、ベッドと窓の間の床の上に、二本の足がニョキッと伸びている

のが見えた。

黒いズボンにピカピカの黒い靴を履いた足――。

「教授!?」

驚いた聖人は、もう一度「教授！」と叫びながら近づこうとした。

だが、次の瞬間。

ゴンッと。

後頭部に衝撃が走り、聖人は走馬灯のように記憶が流れ過ぎる中、ゆっくりと床に倒れ込んでいく。

倒れるまでの短い時間に、頭の中で、色々なものが見え、色々な声が聞こえた。


――今日からラーメ教授の。――不幸中の幸いですね。――目を閉じて見よ。

白い画用紙。黄色い太陽。

――夢を視覚化する実験。――お前、まだあの夢を見るのか。――心の目で。

ターコイズブルー。灰色の瞳《ひとみ》。古い図書室。

――マリクと。――ヨセファの野に翻《ひるがえ》るのは？

本棚。赤い旗に四体の黒い悪魔。ギプス。

（……赤い旗？）

幻影と現実が混ぜこぜとなってぐるぐるまわる視覚の隅に、この部屋の本棚に飾られた赤い絵が入ってくる。

赤い地に描かれているのは、四体の黒い悪魔のようなもの——。

前回、ここに来た時も見ているはずなのに、意識にはのぼらなかった。ただ、無意識下ではしっかりと記憶に刻まれていた証拠に、あの日の夜、聖人は、夢でこの旗を見ている。

ただ、わからないのは——。

（何故《なぜ》、この絵がこんなところに……？）

その記憶を最後に、聖人は完全に気を失った。

と——。

聖人が倒れている寝室に、誰かが入って来た。

それが、聖人を背後から襲った人物であるのは、彼が手にギプスを持っていることからわかる。謎《なぞ》の襲撃者は、ぐったりと横たわる聖人のかたわらに歩み寄ると、手にしたギプスを床に投げ捨てて言った。

「夢で呪う邪悪なベナンダンティよ。——羊の仮面をかぶったお前にも、それ相応の死が待っている」

それから、彼は、意識のない聖人の脇《わき》に手を入れると、無雑作に床の上を引きずりながら家を出て行った。

5

「駄目です。やはり、繋がりません」

バレリ枢機卿を助手席に乗せた車を運転しながら、マリクがヘッドセットにした電話の合間に言う。

二人を乗せた真っ黒い車が、ローマの狭くごちゃごちゃした道を猛スピードで走り抜けていく。

頻繁に鳴らされるクラクション。

「いいから、かけ続けてくれ」

そう答えたバレリ枢機卿自身も、助手席でどこかに電話をかけていた。

「――そうだ。至急、調べるんだ」

そう告げて電話を切ったバレリ枢機卿が、「だが、なぜ」と口惜しそうにつぶやく。

「ここにきて、セイトなんだ?」

サイドミラーを確認したマリクが、右にハンドルを切りながら答えた。

「おそらく、ガスパルッドが、殺される前に、秘密記録保管所で目にした貴方の名前を教えたのではないでしょうか」

「それなら、私を連れ去ればいいじゃないか！」

憤懣《ふんまん》やるかたない声で言われたことに対し、マリクが小さく笑う。

「ヴァチカンの中枢におられる猊下を連れ去るのは、たとえシールズやスワットでも困難を極めます」

バレリ枢機卿が、チラッとマリクを睨《にら》んで言う。

「つまり、セイトは、私の身代わりか？」

「あるいは、セイトを使って猊下を誘い出そうとしているのかもしれませんね。その場合、現在、まさに相手の思うツボということになりますが」

マリクの言葉は、一種の苦言だ。

ヴァチカンを出る際、当然、マリクはバレリ枢機卿には残るよう勧めた。だが、彼は聞き入れてくれず、強引に車に乗り込んだのだ。

そのため、彼らのうしろには、ヴァチカンの警備にあたっている軍警察とイタリア警察の人間が付いて来ている。

「それなら、まだ救いがある。私が行くまでは、セイトは無事だと言うことだろう」

「……だといいのですけど、この犯人は、まともではないので、どういう行動に出るかはわかりません。それに」

道路に出ようとした通行人に警告のクラクションを鳴らしたマリクが、なにかを思い出したように、「ああ、そうだ」と声をあげた。

「旗」

「――旗？」

相手の発した言葉を不審げに繰り返したバレリ枢機卿が、続ける。

「旗がどうした？」

「いえ。先ほど、猊下は、ベナンダンティの旗は、黄金のライオンが縫い取られた白い旗だとおっしゃいましたよね？」

「ああ。そう言ったが、それがどうした？」

「実は」

マリクが、愁《うれ》いのある顔を痛ましげに歪《ゆが》めて、ある出来事の話をする。

「先日、セイトは、公園で昼寝をしていた時に、たまたまそばで遊んでいた幼児の絵を拾ったそうなんですが、その絵というのが、白い画用紙に黄色いクレヨンでライオンのようなものが描かれたものでした」

「白い画用紙に描かれたライオン？」

「はい。絵そのものは、とてもつたない絵で、見ようによっては太陽にも見えるのですが、問題は、セイトがガスパルッド氏とぶつかった際、床に落ちたその絵を見たガスパルッド氏が、『ベナンダンティ』とつぶやいたことです。おそらく、それがベナンダンティを象徴する旗を思わせたのでしょう」

「なるほど。ということは、もし、そのことをガスパルッドが拷問《ごうもん》された時に口走っていたりしたら、かなりまずいことになるな」

「ええ。犯人が、セイトのこともベナンダンティだと勘違いする可能性が――」

と、その時。

マリクのスマートフォンに電話の着信があり、すぐさまスピーカを通して車内に声が流れ出す。

『フェデリオ神父か？』

「そうですが、斉木さんですね？」

『ああ。ラーメ教授の家に着いたんだが、寝室に司教の死体があったぞ』

斉木には、ヴァチカンを出る前に電話をして、現状を説明しておいた。

それを受け、ガスパルッドの殺害現場にいた彼は、ラーメ教授の家に急行し、その場で新たな死体を目にしたらしい
マリクとバレリ枢機卿が顔を見合わせ、小さく首を振る。

「ティサノルダ司教ですね。お気の毒に」

「ああ」

うなずいたバレリ枢機卿が、斉木に話しかける。

「それで、セイトは？」

『ここにはいない。だが、あいつが乗って来た自転車があるし、床に引きずったような跡があるので、一度はここに来て、どこかに連れ去られたと見ていいだろう。――ちくしょう。どこに行ったんだ？』

焦燥感に満ちた声で言った斉木に対し、マリクが告げる。

「それについては、こちらに心当たりが――。また連絡します！」

そう言って電話を切ったマリクに、スマートフォンを操作していたバレリ枢機卿が納得したようにつぶやいた。

「――なるほどね」

助手席のほうをチラッと見たマリクが、尋ねる。

「なにか、わかりましたか？」

「そうだね。まさに『運命の歯車』とでも言うべき驚くようなことがわかったよ」

「運命の歯車？」

少々焦《じ》れったそうに応じたマリクに、バレリ枢機卿が告げる。

「さっき、電話で調べ直させたんだけど、秘密記録保管所を使わせるにあたり、前に一度、ラーメ教授の身辺調査がなされているんだが、それによると、彼の母親はアクイレイアの出身で、旧姓を『モドゥーコ』というらしい」

「『モドゥーコ』ですって⁉」

びっくりしたマリクが、つい脇見運転になりながら訊き返す。

「まさか、あの『モドゥーコ』ですか？」

「ああ」

「つまり」

マリクが、正面に向き直って続ける。

「もし、それがマランダンティとして告発された『モドゥーコ』の子孫であるなら、ラーメ教授は、幼い頃からマランダンティについて知り得る環境にあったということになりますね？」

「ああ。――それと」

うなずいたバレリ枢機卿が、次々と入ってくる情報に目を通していく。

「どうやら彼は、あまり好ましい家庭環境で育ったわけではなさそうだな。父親が家庭内暴力の常習者で、母親は、幼い彼を残して自殺している。その後、しばらく祖母の手で育てられたようだが、その祖母も亡くなり、地元の修道院付属の学校に入って、ようやく勉学に励むことができたらしい」

「虐待《ぎゃくたい》ですか」

忌《い》まわし気につぶやいたマリクが「つまり」と続ける。

「彼には、連続殺人犯になる要素は備わっていたわけですね」

「まあね。だからといって、同情する気はないが。――少なくとも、セイトになにかあれば、どんな手を使ってでも、彼を地獄に叩《たた》き落としてやる」

聖職者にあるまじき暴言を吐いたバレリ枢機卿が、神に許しを請《こ》うように小さく十字を切った。

それを労《いた》わるように見やったマリクに、バレリ枢機卿が「それで、マリク」と尋ねる。

「君に一つ確認しておきたいんだが」

「なんでしょう？」

「君が、勇敢な司牧者であるのは重々知っているが、信者ではないセイトのためであっても、その力はいかんなく発揮できるのだろうか。――つまり、彼のために、燃え盛る火の中にも飛び込んでいけるかということだが」

それに対し、前を向いたまま、マリクは何のためらいもなく答えた。

「もちろんです、猊下。イエス・キリストが、異教者は、善人であっても見捨てろなどと了見の狭いことを、一度でも諭しておりましょうか？」

「いや」

気もそぞろに否定したバレリ枢機卿が、「それなら」と再度確認する。

「セイトを救出するのに、君を頼みにしていいのだな?」

「お任せください。私の力の及ぶ限り、セイトを守ります」

断言してから、彼はちょっと話を脱線させた。

「それにしても、ずっと不思議に思っているのですが、セイトは、なぜ、あんな状況になっても、文句ひとつ言わずに従っているのでしょう?」

「あんな状況というのは、秘密記録保管所での書簡捜しのことかい?」

「はい。セイトにはなんの責任もないのに面倒事を押しつけられて、ふつうなら冗談じゃないと言って放り出すか、せめて怒りを露《あらわ》にしてもおかしくない状況です。それなのに、彼は、怒るどころか、ルチアに申し訳ないとすら感じているようなのです」

バレリ枢機卿が笑う。

「それは、たしかにセイトらしい」

感想らしき言葉を紡《つむ》いだあとで、さらに説明を加えた。

「あの子は、小さい頃から感覚が異様に鋭くて、周囲の人間が心の中で思っているだけで口にしていないようなことを、勝手に感じ取ってやるようなところがあった。おかげで、時々、彼には超能力でもあるのではないかと思うくらいなのだが、さっきもちょっと触れたけど、どうやら、彼自身は、そういう超感覚的とも言うべきことを無意識にやってしまうことが多いらしく、意志の強い人間と一緒にいると、その人物の考え通りに動いてしまったりもするみたいだね」

「操り人形のように――ですか？」

眉《まゆ》をひそめたマリクの確認に、「う～ん」と悩まし気な声をあげたバレリ枢機卿が言い返す。

「さすがに、そこまでは言わないし、正直、私も、彼についてはまだ観察している最中で分らない部分の方が多いのだが、ふつうの人間と少し違うのは間違いない。それにはもちろん、日本人的気質と言えるようなものもあるし、それだけではないと言える部分もあって、とにかく、素直で清明であることだけはたしかだよ」

「そうですね」

マリクが、納得したようにうなずいたところで、スマートフォンに視線を落としたバレリ枢機卿が、言った。

「――もうすぐだ」

6

――お前の父親は、呪われているんだよ。

祖母は、そう言って彼を怖がらせた。

――夢で、ベナンダンティが呪っている。

――だから、お前の父親は暴力をふるう。夢で呪われたから。

幼い彼には、それが本当かどうかなど分らない。

もちろん、ベナンダンティがなんであるかだって、わかるはずがなかった。

ただ、鼻梁《びりょう》が高く、灰色の目で人をやぶ睨みする魔女のような祖母のことが、心底怖かったのを覚えている。

北イタリアの農村地帯。

薄暗い家に希望はなく、ぎらぎらした夏の太陽は、ただ乾いた大地を照り付けているだけの空疎《くうそ》なものでしかない中で、酒浸りだった父親が振るう暴力と祖母の目は、どちらのほうがより怖かったか。

おそらく、彼は、祖母の目のほうが恐ろしかった。

人の心に入り込んでくるような目。

呪いは、あるのだと彼に信じ込ませる力のある目だ。

祖母は言う。

――お前の母親も呪われた。だから、死んだんだ。

――彼らに、呪い殺されたんだよ。

でも、彼は、母親は自殺したと聞かされた。

生きるのに疲れてしまい、自ら命を絶ったのだと、親戚《しんせき》のおばさんが話しているのを聞いた。

母親は、息子のことなどどうでもよく、ただ自分が楽になりたかったのだと――。

だが、違うのかもしれない。

（お母さんは、呪われて死んだ？）

祖母は、彼に何度も言った。

――いいかい、用心するんだ。お前も狙《ねら》われている。

――夢で、彼らが呪いに来る。夢で呪うベナンダンティが！

――お前が夢で安らぐには、彼らを倒す必要がある。

――いいかい、旗をお立て。

――勝利の旗だ。

――それ以外に、お前が救われる道はない!

彼には旗のことなどなにもわからなかったが、祖母が絵を描いてくれたので、どんな旗を立てればいいかは知っていた。

毒々しい赤い色に塗られた紙の上に、黒い四体の精霊が描かれた絵だ。

その旗を立てて、悪《あ》しきベナンダンティを追いやるよう、繰り返し教えられた。

暖炉の前に座る祖母の顔は、炎の照り返しを受けて赤く染まっていた。その声には力があり、彼は次第に祖母の言うことに間違いはないと思うようになっていく。

(私は、呪われている)

(彼らを倒すまでは、夢で安らぐことはない)

(彼らを倒し、旗を立てるまでは、呪われ続けるのだ――)

(今ではなくても、いつかベナンダンティがやってきて、私の前に立ち塞《ふさ》がる)

(いつかきっと――)

そしてついに、彼はこの世界に潜んでいたベナンダンティの存在を突き止めた。

『レーブ・プロジェクト』。

ティサノルダ司教が彼にまわしてくれたそのレポートでは、ベナンダンティが実在することが科学的に証明されていた。

信じられないことに、彼らは現実に存在したのだ。

人生の大半を、ベナンダンティに会うことなく生きて来たのに、老年に差しかかった今になって、彼らは彼の前に突如として現われた。

そのことを知った瞬間から、彼の世界はガラリと変わった。

幻想が現実となり、現実が幻想となる。

彼は、夢で呪われるようになり、夜、眠ることができなくなった。

なにをしていても落ち着きがなく、幸福感は彼のまわりから消え失《う》せる。

このままでは、自分は、母親のように呪い殺されてしまう。

（いや、負けるわけにはいかない）

なんとしても、彼らに勝たなければ——。

そこで、彼は、祖母にさんざん言われていた通り、彼らを倒す戦いを始めた。

祖母譲りの彼の灰色の瞳が、目の前にいる青年に向けられる。

彼が目をかけていた日本人留学生だ。

（まさか、こいつまで、ベナンダンティだったとは——）

無邪気な顔を装《よそお》って彼の懐《ふところ》に入り、ぬくぬくと、彼を破滅に導こうとしていたのだろう。

先に気づけて、よかった。

今なら、まだ勝てる。

この前は負けたが、今日は彼が勝利する。

彼の灰色の瞳に、加虐の色が燃え上がる。

それから、ゆっくりと手にしたマッチを擦り、彼は、枯れ枝に火を付けた。

7

気を失っていた聖人は、息苦しさに咳《せき》をしながら目を覚ました。

視界が、やけにぼやけている。

視力が悪くなってしまったのか。

それに、なんだかとても暑かった。

顔や手足が火照《ほて》っている。

いったい、自分はどうしてしまったのか。こうなる前のことも、現在の状況も、なにもかもが朧ではっきりしない。

ここはどこで、どうやってここまで来たのか。

考えながら身体《からだ》を動かそうとしたが、手足が動かない。

そのことに気づいた瞬間、全身に痛みが走った。

身体中が痛い。

擦り傷のようなひりひりした痛みと、ズキズキとした痛み。

頭もガンガンしていて、それをどうにかしたいのに、手も足もまったく動かない。

感覚が無いわけではないのは、動かそうとした時に、手首に紐《ひも》のようなものが食い込む痛さがあったのでわかった。

どうやら、縛られているらしい。

だが、身体は真っ直《す》ぐで、背骨に沿って堅いものがあるのが感じられる。たぶん、柱のようなものに縛り付けられているのだろう。

相変わらず視界が悪く、白く靄《もや》がかかっている。

そして、暑い。

いや、暑いのではなく、熱いのだ。

ヒーターに間近に当たっている時のように、皮膚に焼けるような熱さがある。

それに、気のせいか、そばでパチパチと火のはぜる音がしている。

（……いや、気のせいじゃない！）

音に気づいた瞬間、聖人は、自分のおかれた状況を理解した。

気のせいなどではなく、近くで何かが燃えていて、視界が悪いのは、あたりに煙が立ち込めているからだ。

彼は、どこかに縛り付けられ、そのそばで火が燃えている。

と、その時——。

「気が付いたか？」

煙の向こうで声がした。

どこかで聞いたことのある声だ。

「——まったく、君が、私の元に送り込まれたベナンダンティだったとは、本当に驚いたよ。それに、とても残念だ。君のことは、それなりに気に入っていたのだから」

「ラーメ教授!?」

聖人が、叫んだ。

そこにいるのは、まがうかたなく、かれの指導教官であるラーメ教授だった。

だが、なぜ、ラーメ教授がここにいるのか。

それになにより、そばにいるのに、なぜ助けてくれないのか。

「ラーメ教授！　どうして!?　……ゴホッ、ゲホッ」

心のうちに湧《わ》き起こった思いを口にしたとたん、煙が肺に流れ込み、聖人は激しく咳き込む。

ラーメ教授が「なにを今さら」と憎々しげに言った。

「とぼけても無駄だ。君が、悪を為《な》すベナンダンティであることは、わかっている。君を倒し、そして、まんまと君を私の元に送り込んだ、悪の首領であるバレリ枢機卿を倒すまでは、私に平安は訪れない」

「――ベナンダンティ？」

聖人が、驚いて繰り返す。

「僕が、……ゲホッ、ゴホッ……ベナンダンティだと言うんですか？」

「そう。祖母が教えてくれた。夢で私を呪い、倒そうとする悪しきベナンダンティだ」

いったい、ラーメ教授は何を言っているのか。

彼はどうしてしまったのか。

あまりのことに、聖人はすぐには状況が理解できない。ただ、ラーメ教授の頭がおかしくなってしまったとしか思えなかった。その上、喉《のど》がいがらっぽく、目は煙で痛くて涙が出てくる。

「ゲホッ、ゴホッ、バカな、僕はそんなんじゃない！……ゲホッ」

煙を吸い込み、咳き込みながら必死で言うが、ラーメ教授はまったく聞く耳を持たない。

「そんなことを言っても、もう遅い。君は、ベナンダンティの旗を振り、夢の中で私をウイキョウで叩いたのだから」

「そんなこと——ゴホッ」

　していないと言いかけた聖人が、「え?」と途中で驚きの声をあげる。こんな目に合う理由はないはずであったが、言われたことには心当たりがあったからだ。

「……ウイキョウで、叩いた?」

　繰り返した聖人は、たしかに自分は、そんな夢を見た記憶があると思う。

　夢の中で、誰かをウイキョウで叩いた。

　起きてすぐ、誰を叩いたのか必死で考えてみたが、どうしても思い出せなかった。知っている誰かであるのは間違いなかったが、どんなに考えても相手の顔は出てこなかったのだ。

　それが今、この瞬間に、聖人ははっきりと思い出す。

「——そうだ。ラーメ教授」

　彼が夢の中でウイキョウを振り回して追い払ったのは、ラーメ教授であった。

　だが、なぜ、それをラーメ教授自身が知っているのか。

　聖人は、誰にも話していない。——仲の良い斉木にも、だ。

　聖人が反論しなくなったのをいいことに、ラーメ教授が勝ち誇ったように言う。

「観念したようだな。君には、もっと色々なことを教えたかったが、本当に残念だよ。羊の皮をかぶった悪魔には、それ相応の死が待っている——」

(まさか——)

聖人は、そこに至ってようやく真実を悟り、愕然《がくぜん》とする。

ラーメ教授が、一連の猟奇殺人事件の犯人だったとは！

だが、気づいたところですべてが遅く、パチパチとはぜる火が、じわじわと聖人の身体を蝕《むしば》んでいく。

咳をするたび、熱い空気が喉を焼く。

(苦しい……)

このままでは、気管支が熱傷でただれ、呼吸することができなくなるだろう。その間も、身体は焼けただれ、みじめな死が待っている。

怖かった。

助けを呼んだところで、誰か来てくれるとは思わなかったが、聖人は生まれて初めて心の底から恐怖を覚え、大声で叫んでいた。

「誰か、誰か、助けて!!」

「叫んでも無駄だ」

無情にもラーメ教授は言うが、叫ばずにはいられない。

「誰か、誰か、お願い、助けて——!!」

すると。

「セイト！」

彼を呼ぶ声がして、来るはずがないと諦めていた助けがやってきた。

8

その場に飛び込んできたマリクは、煙の向こうで聖人が叫んでいるのを耳にした。

すぐに声のしたほうに視線をやり、一歩を踏み出そうとするが、その時、それを邪魔するように横合いからラーメ教授がアーミーナイフを振りかざしながら躍りかかって来たので、踏みとどまり、とっさにファイティングポーズを取る。

老年に入ったとはいえ、ラーメ教授は体格がよく、ぶつかってくる勢いは侮《あなど》れない。

繰り出されるナイフを、マリクが右に左に避ける間も、炎の壁の向こうからは苦しげな聖人の声が聞こえている。

「助けて……、熱くて……苦し……」

すでに、絶え絶えになっている声。

その声を聞いて、もう一刻の猶予もならないと感じたマリクは、相手の攻撃を避けるのを止め、誘うようにみずからナイフの前に身をさらす。

そこへ、ラーメ教授の突き出したアーミーナイフの切っ先が伸びる。

その鋭い刃先は、思惑通りマリクの右上腕部を切り裂いたが、次の瞬間には、マリクの素早い回し蹴《げ》りが、見事にラーメ教授の身体にヒットして、大柄な身体を吹っ飛ばしていた。

数メートルほど飛んだラーメ教授は、床に叩きつけられ、意識を失う。

老体に対し申し訳ないという思いが、一瞬だけ過《よぎ》るが、緊急事態なので手加減できなかったのは仕方ない。

自業自得ということで、神も許してくださるだろう。

その時、遅れて飛び込んで来たバレリ枢機卿が、悲壮な声をあげる。

「セイト！　セイト！　生きているか、セイト！」

そのまま、火の中に飛び込んでいく勢いであったのを、あとからやってきた警護の人間が大慌《おおあわ》てで引き止めた。

「危険です、猊下」

そんな彼らを、バレリ枢機卿が怒鳴りつける。

「ばか者！　私を止めているヒマがあったら、消火器を探して持ってこい！」

それから、マリクに向かい、必死の形相で懇願した。

「マリク、頼む！　早くしないと、セイトが死んでしまう！」

もちろん、マリクはこのまま手をこまねいて見ているつもりはなく、ヴァチカンを出る時に準備してきたものを広げると、恐れ気もなく火の中に飛び込んでいく。

「セイト！」

そうして、頼もしい声と同時に、黄金のマントを翻したマリクが、聖人の前に現われた。その勇ましさと言ったら、まさに、軍人ゴリアテの前に進み出た若きダビデそのものだ。

「セイト！　大丈夫ですか？　今、助けますから！」

マリクは、羽織っていた黄金のマントで聖人のことを包み込むと、飛び込む前に拾い上げていたラーメ教授のアーミーナイフで、手際《てぎわ》よく聖人の手足の縛《いまし》めを切っていく。

しばらくは呆然《ぼうぜん》としてしまい、助かったという自覚もないまま、マリクに身体を預けていた聖人であったが、少しずつ落ち着いてきたところで、状況をたしかめるようにゆっくりとあたりを見まわし、最後に、自分たちを包み込んでいるものの正体に目をとめた。

薄れゆく意識の中で黄金のマントに見えたそれは、なんてことない、災害用の荷物などに入れておくと便利な断熱素材の薄いシートで、灼熱《しゃくねつ》の宇宙空間で電子機器を守るために開発されたそれが、迫り来る炎の熱から、彼らのことを守ってくれていた。

その用意周到さに感心しつつ、聖人はホッとしてマリクの肩に頭を乗せる。

助かったのだ。

自分は、生きている。

その安堵《あんど》感がドッと押し寄せ、目に涙が浮かぶ。

小さく震える聖人の頭を、マリクが安心させるようにそっと撫《な》でてくれた。

そんな彼らのまわりでは、ようやく消火器を見つけ出して来た救助の手で火が消され、人々がなにか叫び合っていた。

終章

Vatican Hidden Bibliotheca

マリクが、聖人の入院している病室を訪れると、そこにはすでに来客がいて談笑している最中だった。

まさか、忙しいマリクが見舞いに来てくれるとは思っていなかった聖人が、驚いた声をあげる。

「あれ、マリク⁉」

「どうも」

軽く挨拶《あいさつ》してから、ソファーに座る斉木のほうに視線を流して続ける。

「もしかして、出直したほうがいいですか？」

「とんでもない！」

ベッドの上でじたばたと慌《あわ》てた聖人が言う。

「来てくれて嬉《うれ》しいです！」

そんな聖人に、斉木が納得のいかない様子で訴える。

「お前さあ、俺の時と態度が随分違わないか？」

「え、そんなこともないと思いますけど、そうですか？」

「そうだよ。——まあ、いいけどね」

妥協した斉木が、マリクに視線を移して言う。

「やあ、フェデリオ神父。病院に神父というのは少々縁起が悪い気もするが、遠慮せずに入ってくれ。なんといっても、聖人の命の恩人だからな」

歓迎されているのかいないのか、よくわからない言葉であったが、マリクは勧めに従い病室に踏み込んだ。

幸い、聖人のケガは軽い熱傷程度で済んだが、念の為《ため》、数日間の入院を余儀なくされた。しかも、手配をしたのがバレリ枢機卿《すうききょう》であったため、病室は、ホテルのスウィートルーム並みに豪華で立派な個室である。

マリクが、花のアレンジメントをテーブルの上に置きながら言う。

「これ、ルチアさんからです。とても心配していましたよ。早く戻ってきて、元気な顔を見せてほしいと」

「本当に？」

嬉しそうに言ったあと、「あ、でも」と首をすくめる。

「書簡を捜す作業が、また遅れてしまって、怒っていませんでしたか？」

「ああ」

そこで意味ありげに唇の端を引き上げたマリクが「あの件は」と説明する。

「ラーメ教授が逮捕されてしまった今、企画自体を根本的に見直さなければならなくなったので、ひとまず中断することになりました。だから、君は気にせず、回復することに全力を傾けてください。――それと、バレリ枢機卿が、見舞いに行けなくて申し訳ないが、なにか困ったことがあったら、すぐに看護師に言うよう伝えてくれということでした。ここの病院の院長は、バレリ家とは縁戚《えんせき》関係にあるそうで、なんでも言うことをきいてくれるそうですよ」

「ありがとうございます。でも、もう十分やってもらっていますから」

斉木が、横から茶々を入れる。

「たしかに、こんな部屋で三食昼寝付きなんてことになったら、俺なら家に帰りたくなくなる」

「嘘《うそ》ばっかり」

聖人がすかさず突っ込んだ。

「どんな部屋を与えたって、斉木さんが、一日でもおとなしくベッドの上にいるなんてあり得ないと思います」

「そうか？」

新聞記者などをやっているだけはあって、斉木は、一分たりともジッとしていられないタイプだ。なので、よほどの大ケガを負ってベッドに繋《つな》がれている状態にならない限り、病室でおとなしくしているのは、二日が限度だろう。

気安く話す二人の様子を見ていたマリクに、斉木が改めて言う。

「でもまあ、何度も言うけど、あんたには、本当に感謝しているよ、フェデリオ神父。こいつは、昔から妙に危なっかしいところがあって、気が付くと危険な場所にいたりするので、おちおち目を離せなかったんだが、さすがに社会人になってからは、そうそう見張っているわけにもいかなくて、それにこいつも少しは賢くなったと思っていたんだが、やっぱり、こんな訳のわからないことに巻き込まれているんだから、心配の種はつきない。あれで、もしあんたたちが辿《たど》り着くのがもう少し遅ければ、こいつは、死んでいたか、ひどい火傷《やけど》を負っていただろう。取り柄と言えば、この、男にしてはきれいな肌くらいなのに、それまで奪われていたら、目も当てられなかった」

「それ、褒めていませんね」

聖人が指摘するが、斉木は取り合わず、代わりにマリクが「別に」と言った。

「私はたいしたことはしていませんが、間に合ったのは、本当に幸いでした。神のご加護に感謝しましょう」

神父らしい言葉を述べたマリクを見返し、斉木が「だが」と胡乱《うろん》げに訊《き》く。

「そうは言っても、あの時、あんたとバレリ枢機卿は、こいつの居場所をすでに把握しているような口ぶりだったし、実際、それで間に合ったのだと思うが、そもそも、なぜ、あんたたちは、こいつの居所がすぐにわかったんだ？　絶対に、神のご加護だけではないだろう？」

「たしかに」

聖人も斉木に同調した。

あとで知ったことだが、聖人が連れて行かれた場所は、ラーメ教授が、日々の散歩の途中で見つけておいた空倉庫の一つで、特に関連性もない犯行現場を瞬時に捜し当てたのは、まさに神業といえた。

「それは——」

わずかに躊躇《ちゆうちよ》してから、マリクがターコイズブルーの瞳《ひとみ》を、聖人に向ける。——正確には、聖人の左手首に向けた。

「迷子札のおかげです」

「迷子札？」

訝《いぶか》しげに繰り返した斉木がマリクの視線を追い、ややあって「あ」と声をあげた。

「もしかして、ブレスレットか？」

斉木の言葉に、聖人が「え？」と言って左手をあげる。そこには、大叔父にもらったブレスレットが、以前と変わらず金色にきらきらと輝いていた。

「このブレスレットがなんですか？」

わからずに聖人が訊くと、斉木が「たぶん」と推測する。

「そのプレートのどこかに、ＩＣチップが組み込まれているんだろう。だから、それを身に付けている限り、いざという時に、お前の居所がわかるようになっている。――つまり冗談ではなく、それは正真正銘、現代版迷子札ってことだ」

「嘘？」

驚いた聖人が、ブレスレットにやっていた目をマリクに移して確認する。

「本当ですか？」

「そのようですね」

マリクが淡々と応じ、「念のために、言っておきますと」と付け足した。

「私も、そのことを知ったのは、セイトがさらわれたあとです」

つまり、すべてバレリ枢機卿の一存でやっていたことというわけだ。だが、そのおかげで、間一髪、命が救われたのだから、今は感謝するしかない。

斉木が、「それにしても」と事件のことを振り返る。

「まさか、こいつが師事していた教授が、連続猟奇殺人犯だったとは驚きだよ。聞いたところでは、交通事故も、彼の自作自演だったそうじゃないか」

「ええ」

うなずいたマリクが、続ける。

「病院に運ばれたのは間違いありませんが、面会謝絶だったのは別の人間で、ラーメ教授は、最初からかすり傷程度だったそうです。うちの事務局に電話してきたのも、病院の人間ではなく、ラーメ教授本人でした。こちらは、まさかそんなこととは思わず、善後策を練るのに必死で病院に確認することもしませんでしたし、偽物《にせもの》のギプスは、医者の友人に頼んで作ってもらったものらしく、その医者は、論文を書くのに集中したいからケガをしたことにしてほしいと頼まれ、まさかそれが殺人ほう助になるとは考えず、ヴァチカンからの度重なる問い合わせに対し、入院偽装の協力をしたと証言しているそうです」

「それなのに」

言いながら、斉木が聖人に視線を移してからかう。

「お前と来たら、伝書鳩《でんしょばと》のようにせっせと教授の家とヴァチカンを行き来していたんだからな、まさに道化そのものだ」

聖人が「行き来と言っても」と反論する。

「教授の家に行ったのは、一回だけです。——二回目は、もうアレだったから」

「アレ」というのは、もちろん、焼き殺されそうになったことだ。

「にしてもだよ」

斉木が、駄目押しする。

「ちょっとくらい変だとは思わなかったのか?」

「……いや、ちょっとくらいは思いましたけど、意識してしまうと教授との関係がぎくしゃくしそうなので、あえて考えないようにしていたというか、意識の外に置いたというか――」

それは、事実だ。

聖人は、教授の家を訪れた際、本能的になにか負のエネルギーを感じ取っていた。

だが、それを表面に出すのが嫌で、無意識に押さえつけてしまったのだろう。

もっとも、意識してやっているわけではないので、それは気づいていなかった状態とさしたる違いはないかもしれない。

斉木が、ため息交じりに応じる。

「まあ、それもお前らしいといえば、らしいか」

それから、斉木は、事件のことに話題を戻した。

「つまり、ラーメ教授は、そうやって世間の目を誤魔化しながら、せっせと殺人を犯していたわけだな。もっとも、最初の犯行はイースター休暇中だったので、二件目からということになるが、そんな中、三人目の被害者に目をつけたのは、いったいなぜだったのか」

マリクが答える。

「それは、パンジャマン教授のレポートに名前があったからです。もちろん、名前があったといっても、被験者としてではなく、『同じ夢を見る』人たちのことを書いた本の著者として参考文献に載せられていただけですが、それを見て、ラーメ教授はガスパルッド氏のことをマークしたようで、確証をつかむためにあとをつけていた際、偶然、彼がバレリ枢機卿に接触する場面に出くわし、二人の会話を立ち聞きしたみたいですね。

――それで、それをきっかけに、殺害を決意したと」

これは、警察から聞いた話なので、当人の自白と考えていいはずだ。

「なるほど」

納得したらしい斉木が、「それにしても、『ベナンダンティ』ねえ」と、改めてその単語をクローズアップする。

「俺も、あれからまた少し調べてみたんだが、北イタリアの一部では、羊膜をまとって生まれてきた子どもは夢で魔術を行うようになるという迷信があったらしく、彼らのことを『ベナンダンティ』と呼んでいたようだな」

「羊膜ですか？――お母さんのお腹《なか》の中にある羊水で満たされた？」

聖人の確認に、斉木が「ああ」とうなずく。

「それでもって、そいつが二十歳くらいになると、古株のベナンダンティが呼びに来るそうだが、中には、なんらかの『印を与える』こともあったらしい。どんな印かは書いていなかったからわからないが、現役として活動するのは四十歳くらいまでらしく、かなり組織的な活動をしていた節がある」

「活動って、ラーメ教授が言っていたような呪《のろ》いとか悪魔信仰でしょうか?」

聖人の確認に、斉木が答える。

「いや。そうは書いていなかったな。悪魔信仰の『あ』の字もない。そもそも、キリスト教的でもないから、悪魔信仰はあり得ないだろう。なんといっても、悪魔信仰の概念は、キリスト教あってのものだからな」

言いながら、チラッと神父であるマリクに視線を走らせ、「気に障《さわ》ったら申し訳ない」と形式的に詫《わ》びる。

「いえ。お気になさらず」

マリクが答え、聖人がさらに質問する。

「キリスト教的でないなら、ギリシア・ローマ神話とかですか?」

「それよりは、もっと民間伝承に近いんだろう。あまり時間がなくて、大して調べられたわけではないが、それでも、俺には、ラーメ教授が、あそこまで頑《かたく》なにベナンダンティを悪と決めつけた理由がわからない。――どこかで、なんらかの間違った刷り込みがされたとしか考えられないな」

　斉木の推測は、的を射ていた。

　実際、ラーメ教授の母方は、「ベナンダンティ」から派生し、悪を為《な》す者として知られた「マランダンティ」の家系だったと考えられ、幼いころからなんらかの刷り込みがされていた可能性は大いにある。

　そして、刷り込まれた幻想が、「レーブ・プロジェクト」と言う確固たる科学的根拠を伴って立ち現れた瞬間、そのことが引き金となって、彼の中で殺人衝動が目覚めたと推測できる。

　だが、バレリ枢機卿から聞いたマランダンティについて、ここで安易に話すのは憚《はばか》られたので、マリクは黙っていることにした。

　それに、マリクには、他に気になっていることがあったのだ。

　斉木は、話の中でこんなことを言っていた。

　ベナンダンティとして生まれた者は、二十歳になると、古株のベナンダンティが呼びに来るそうだが、中には「印をあたえる」こともある、と。――それが、マリクの気を引いたのだ。

（印を与える、か）

　マリクは、聖人をラーメ教授の魔の手から助け出したあと、病院に同行し、家族の代わりに聖人の治療を見守った。その際、治療の邪魔になると言うので、聖人が腕にしていたブレスレットを一時的に預かったのだが、初めて間近で見たブレスレットには、とても興味深いものが描かれていた。

ちなみに、金のプレートの表面には、バレリ枢機卿が話していた通り、バレリ家の紋章が刻み込まれていたのだが、問題は、その裏だ。裏を返したところには、実にひっそりと、茎の部分が炎に包まれたウイキョウが描かれていた。

他でもない、あのウイキョウである。

バレリ枢機卿によれば、ベナンダンティは、夢の王国での戦いに赴く際、ウイキョウを手にするという。言い換えると、ウイキョウは、ベナンダンティを象徴する持ち物《アトリヴィート》だということだ。

そんなウイキョウの刻まれたブレスレットを二十代の若者である聖人に与えるという行為は、まさに、古株のベナンダンティが、若きベナンダンティに印を与えるという古き因習に合致していると言えないだろうか。

そして、もしそれが事実なら、やはり、バレリ家はベナンダンティの首領を務めた血筋であり、バレリ枢機卿が現代に生きるベナンダンティであるだけでなく、印を与えられた聖人もまた、ベナンダンティであることになる。

ただ、だからどうだという話でもあった。

バレリ枢機卿は、本来のベナンダンティというのは、同じ夢を共有する——言い換えると、夢の王国に行ける能力を持ち、そこで啓示のようなものを受け取ることができるだけで、生活そのものは、敬虔《けいけん》なキリスト教徒のそれとなんら変わるところはないと明言していた。

そして、夢で啓示を受けるだけなら、聖書の中でも行われている。天使の階段を夢見たヤコブなどが、そのいい例だ。

結局、言えることとしては、彼らがベナンダンティであろうがなかろうが、そんなことはマリクに関係ない、ということだった。

ただ、信仰心の厚い善人であれば、それでいい。

マリクがそんなことを考える一方、聖人は聖人で、あることに悩んでいた。

ラーメ教授が、ベナンダンティに対しどんなイメージを持っていたにせよ、彼は、聖人が夢でウイキョウを使って、彼のことを追い払ったことを知っていた。つまり、あの瞬間、彼らは同じ夢を見ていた可能性がある。

それは、裏を返せば、ラーメ教授だけでなく、聖人自身もベナンダンティであることを示してはいないか——。

ただ、「レーブ・プロジェクト」の実験のように、正確なデータに基づいた再現映像を見たわけでもないので、本当に同じ夢を見ていたとは限らない。つまり、彼らが同じ夢を見ていたと証明することは不可能で、そうである限り、このことをあれこれ追究しても始まらないということだ。

その時、考え事をしていたマリクが、ふと思い出したように、「そうそう、セイト」と声をあげた。

「君が、私に預けたガスパルッド氏の本――、今となっては遺品となってしまったわけですが」

だが、すぐにはピンと来なかった聖人が「本？」と繰り返す横で、聖人よりははるかに頭の切れる斉木が「ああ」と反応する。

「もしかして、『夢の王国を求めて』か？」

「そうです」

認めたマリクが、続ける。

「実は、諸事情により引き取り手が見つからず、当分、ヴァチカン図書館のほうで預かることになりました」

「そうなんですか？」

意外そうに応じた聖人の横で、「へえ」と面白そうに受けた斉木が、「そういやあ、以前、耳にした噂《うわさ》では」と探るように確認する。

「ヴァチカン図書館には、長い歴史の中で、表向きには『蔵書』と明言できないその手の『裏蔵書』が密《ひそ》かに数多く所蔵されていると聞いたことがあるが、これも、その一つになると考えていいのか？」

それに対し、ターコイズブルーの瞳を細めて斉木を見たマリクが、ややあって「さあ」と肩をすくめて言い返した。

「どうでしょうねえ。——正直、そんな『裏蔵書』など、私は見たことありませんが、ガスパルッド氏の本のように、引き取り手のないものが幾つかあるのは事実です」

「——ほお」

その一瞬、斉木とマリクの間に緊迫した空気が流れるが、それを敏感に察したのか、それとも、ただの天然に過ぎないのか、二人の間にいる聖人が、声高になんとものんびりとしたことをのたまった。

「なんか、お腹がすきませんか？」

「減ったけど、もしかして、俺を使い走りにしようとしているのか？」

マリクから視線を逸《そ》らしながら応じた斉木に対し、聖人が「まさか」と慌てて手を振って否定し、その手で冷蔵庫を指し示した。

「そうではなく、冷蔵庫の中に、アンナが作って来てくれたチェリーパイが入っているので、みんなで食べませんか？」

「お、いいね」

食指を動かされた斉木が動く。

それに続き、マリクが「それなら」と動き出した。

「私は、コーヒーでも淹《い》れましょう」

病室内には、専用のカップをセットするだけで、手軽に本格的なコーヒーが淹れられる機械が設置されていて、マリクが慣れた手つきで三人分のコーヒーを作る。

ほどなく、午後の陽の差す室内に、コーヒーの豊かな香りが充満し始めた。

その香りを思いっきり胸に吸い込んだ聖人は、「ああ」と息を吐き出しながらしみじみ言う。

「やっぱり、生きているって、サイコー」

そんな彼らのいる病室からは、それからしばらく、幸せそうな香りと笑いが溢《あふ》れ出ていた。

【参考文献】

『ベナンダンティ――16～17世紀における悪魔崇拝と農耕儀礼』 カルロ・ギンズブルグ著、竹山博英訳／せりか書房
『意識はいつ生まれるのか 脳の謎に挑む統合情報理論』 マルチェッロ・マッスィミーニ&ジュリオ・トノーニ著、花本知子訳／亜紀書房
『ヴァチカン教皇庁図書館展 書物の誕生：写本から印刷へ』 印刷博物館
『ヴァチカン教皇庁図書館展Ⅱ 書物がひらくルネサンス』 印刷博物館
『ダークヒストリー4 図説ローマ教皇史』 ブレンダ・ラルフ・ルイス著、高尾菜つこ訳／原書房
『ローマ教皇事典』 マシュー・バンソン著、長崎恵子・長崎麻子訳／三交社
『地球の歩き方 ローマ 2017～2018』 地球の歩き方編集室／ダイヤモンド・ビック社
『ヴァチカン・ガイド 美術館と市国【日本語新版】』 石鍋真澄・石鍋真理子訳／ミュージアム図書
『バチカン――ローマ法王庁は、いま』 郷富佐子著／岩波書店
『図説 知られざる歴史ミステリー ヴァチカンの謎と真実』 齊藤かおる監修／青春出版社
『バチカン市国』 ポール・プパール著、小波好子訳／中央出版社
『家庭画報 2017年3月号 特集「ヴァチカン教皇庁図書館」の至宝』 世界文化社

本書は新潮文庫のために書き下ろされた。

イラスト　鈴木康士
デザイン　團夢見 imagejack

ヴァチカン図書館《としよかん》の裏蔵書《うらぞうしよ》

新潮文庫　し－74－24

平成二十九年九月一日発行

著者　篠《しの》原《はら》美《み》季《き》
発行者　佐藤隆信
発行所　株式会社新潮社
郵便番号　一六二—八七一一
東京都新宿区矢来町七一
電話　編集部(〇三)三二六六—五四四〇
読者係(〇三)三二六六—五一一一
http://www.shinchosha.co.jp

価格はカバーに表示してあります。

乱丁・落丁本は、ご面倒ですが小社読者係宛ご送付ください。送料小社負担にてお取替えいたします。

印刷・錦明印刷株式会社　製本・錦明印刷株式会社

ISBN978-4-10-180105-6　C0193